Kaarlo Hemmo

Kurjuksen Kulukusta Pelastunna; Entisestään Vähissä Meärin loajennettu Murrejuttu

suuraakkosin

Kaarlo Hemmo

Kurjuksen Kulukusta Pelastunna; Entisestään Vähissä Meärin loajennettu Murrejuttu

suuraakkosin

Alkuperäisen jäljennös.

1. painos 2023 | ISBN: 978-3-38708-092-6

Megali Verlag on Outlook Verlagsgesellschaft mbH:n imprint.

Verlag (Julkaisija): Outlook Verlag GmbH, Zeilweg 44, 60439 Frankfurt, Deutschland
Vertretungsberechtigt (Valtuutettu edustamaan): E. Roepke, Zeilweg 44, 60439 Frankfurt, Deutschland
Druck (Painotalo): Books on Demand GmbH, In de Tarpen 42, 22848 Norderstedt, Deutschland

KURJUKSEN KULUKUSTA PELASTUNNA

ENTISESTÄÄN VÄHISSÄ MEÄRIN LOAJENNETTU MURREJUTTU

TARINOI

KAARLO HEMMO

, 1912.

Sananen selitykseksi.

Tarina "Kurjuksen kulukusta pelastunna" osottaa, mitenkä savolaisen kansan keskuudessa on meidän päiviimme saakka säilynyt muinaisaikainen käsitys merennavasta, suunnattomasta kurimuksesta, josta ja jonne kaikki maailman vedet virtaavat.

Pari kreikkalaista kirjailijaa toiselta vuosisadalta jälkeen Kristuksen syntymän, Ailianos ja Lukianos, ovat esittäneet matkakertomuksia, joissa tämmöisestä merenkurimuksesta kerrotaan. Edellinen asettaa sen Hyperborealaisten (pohjantakalaisten) maan rajalle, nimittäen sitä Anostos (mistä ei voi palata) ja mainiten sen olevan nieluntapaisen. Jälkimäinen kuvailee, mitenkä laiva saatiin seisahtumaan huimaavan vesikuilun partaalle; se oli jo vähällä syöksyä parin sadan kilometrin syvyyteen, vaan viime hetkellä laskettiin purjeet ja soudettiin vaivoin vesisiltaa myöten kuilun yli.

Kahdeksannella vuosisadalla Kaarle Suuren hovissa elänyt Paulus Diaconus kertoo, mitenkä Norjan lappalaisten maasta länteen päin, mistä valtameri ulottuu rajattomiin, on kauhean syvä vesien nielu, jota merennavaksi nimitetään. Kaksi kertaa päivässä se imee laineita sisäänsä ja oksentaa ne jälleen ulos. Tämä kurimus vetää laivoja niin suurella nopeudella, että sitä voi verrata nuolen lentoon ilmassa.

Välistä ne joutuvat kauheaan perikatoon tässä pyörteessä, vaan usein, kun juuri ovat uppoamaisillaan, äkillinen aaltojen voima ne tempaa takaisin ja työntää poispäin yhtä suurella nopeudella.

Yhdennellätoista vuosisadalla pohjoismaiden kuuluisa kuvaaja Adam Bremiläinen esittää muutamien friisiläisten meriretken Islantiin ja sieltä pohjoisnapaa kohti keskelle hyytyneen meren sumua ja pimeää. Äkisti epävakaisen meren virta vetäytyi takaisin salaiseen lähteesensä ja veti vimmatulla vauhdilla onnettomat merimiehet siihen syvään kurimukseen, johon sanotaan kaikkien meren pakojen eli luoteitten imeytyvän, uudestaan ulos sylkeytyäkseen, mitä nimitetään vuokseksi. Muutamat heidän laivoistaan pakovesi vei mukanaan, mutta toiset vuoksivirta työnsi kauaksi pois. Silminnähtävästä kuolemanvaarasta siten pelastuneet vielä avustivat aaltoja kaikin voimin soutamalla.

1500-luvulla kuvaukset merenkurimuksesta paikallistuvat Lofotenin tienoille Norjan rannikolla, missä on tunnettu Malströmmen. Eräs Lofotenin vouti mainitsee monen olevan sitä mieltä, että tässä virtapaikassa tai heti sen ulkopuolella olisi merennielu, ja kertoo, mitenkä valaskala virtaan joutuessaan, kun ei pääse eteenpäin, päästää ison äänen niinkuin suuri härkä ja sinne jääpi.

Uudemmalla ajalla esiintyy sama mielikuva meren nielusta eli kurimuksesta sekä valaskalasta, joka isoon onkikoukkuun tarttuneena vetää laivan pyörteen piirin ulkopuolelle, virolaisten kansallisrunoelmassa Kalevipoeg.

Myös Kalevalan viimeisen runon kansanomaisissa toisinnoissa Väinämöinen purrellansa tavallisesti poistuu: "kurimuksen kurkun alle, kian (kita = valaskala) kielen kääntimelle". Tätä paikkaa kuvataan joskus säkeillä: "kurimuksen kulkun suussa tulena veessä kiehui".

Mahdollisesti käsitys meren kurimuksesta vielä elää muissakin osissa maatamme. Tämän kirjan lukijaa, joka siitä voi tietoja saada, pyydetään ne lähettämään postimaksutta osotteelle: "Suomalaisen Tiedeakatemian tieteellinen toimisto, Helsinki. Vapaakirje".

Kaarle Krohn.

Kurjuksen kulukusta pelastunna...

(Entisestään vähässä meärin loajennettu murrejuttu.)

— Suutarjhan — tähän tappaan alako vanaha Joakko-suutarj, jota tavallisest Merj-Joakoks kututtii, erräänä sunnuntai-iltana kertoo, kun ensiks olj soanna piippunysäsä syttymään — suutarjhan se olj minun isävainoon ja suutarijahan sitä ihan syntymästä ast olj minustai meinattu. Niin pienestä poikanulikasta lähtiin, ett'ei äit antanna minun vielä housujakkaa pittee muullon kunj pyhinä kirkk'aikana, rupes isä minuva opettammaa suutarjtyöhön. Muut lapset, etennii kyläläisten parlakat, eivät soanna lähelle issee tulla hänen suutaroijjessaan ja jos ne voan tulivat, niin isä naulas ne voatteistaan penkkiin kiin tahi pistee sujjautti salloo naskalilla. Äkänen se olj isommillennii, jos kovin paljon nenneesä lähelle työnsivät ja tulivat kahtoo voulottammaa. Mut minut hän pit melekein aina eärellään, pan kirveen lappeelleen polvellen ja siinä minä sitte sain märkee nahkapalloo lyyvvä kalakutella vasaralla. Välliin minä iskee hivvautin poloveennii. Silloin aina itku peästä möläht. Mut het minä salasin itkun, niinkunj äksy lehmä maitosa, kun isä sano:

— Aikamiehet ja varsinnii suutarjmiehet eivät soa olla niin akkamaisija, jotta ihan joutavasta itkee öllöttäävät.

Olj se lystijäi tuo nahan kalakutteleminen ja etenni sillon, kun akkaväk minuva — ihan vennonvieraattii välistä — lukemaan pottuuttel, kalakuttelin vasarata, että tupa raiku. Lukemissee mulla ei ollunnai yhtään haluva, niin että niskat jäpässä ja huulet pitkällään kunj vanahalla hevosella otin kirjan kätteen ja koitin lukkee juprata. Kun äit näk että luku on minusta väkvetosta, sano se aina:

— Mikkään sen tuon poijjan vielä perrii, kun sei lukemaan mielittele... eihän lukematon immeine peäse seurakunnan yhteyteen ies.

Kerran minä puoleks vahingossa satun tuummoomaan:

— Minä ruppeen hevosväkkee, se onnii kommiempata...

Sen enempee en ennättännä hoastoo, kun jo äit hattuutti tukkoon kunj karhu sammalikkoo, että hivuksen oikeen pöllys. Ja lukkee sitä voan pit, vaikk'ei mielkään tehnä. Joskus koitinnii ihan täyttä totta toimittoo, mut ei sitä sittenkään tahtonna kirjassa pysyvä... muuanne se voan miel palo. Jos ei muuta, niin unneun oapiksen kuvija kahtelemmaa. Ja kun äit sattu tuvasta lähtemään, silloin minnäi pistin kirjan vakkaasa ja lippasin isän luo. Takas tultuvaan sano äit het:

— Etkö sinä, poijjanmukula, laita luitas lukemaan!

— Johan minä luvin, vastasin minä tavallisesti ja rupesin issään hyvin pitkillä silimillä kahtelemmaa.

— Vieläkö sinä tulukutat... mokoma lukumies, alako äit toruva rämpättöö ja lupas laittoo Koivumäin herran Saparoniemeen vieraaks.

Eikä siin ois muu etteen tullunna, kunj selekäsauna ja lukemaan ruppeeminen, ell'ei isä ois antanna apuva. Hän olj itekkii huononlainen kirjamies ja sano:

— Ou tuossa toas suutas soittamata!... Ja mittee pappija sinä siitä poijjasta meinoot tehä, kun sen lakkoomata pitäs lukkee höyryyttöö? Kyllä sill on vielä ikkee lukkeekkii... ja erittäin ne kirjamiehet ja suutarit pittää ollakkii. Ja meijjän poijjasta tehhäännii suutarj...

Välistä äit suuttu ja äsäht:

— Opeta sitte ite... jos ossoot...

Kun ei äit, eikä isäkää mittää sen enempätä virkkanna, läksin minä ulos juosta lippailemmaa tahi rupesin toasiisa nahkapalloo kalakuttelemaan. Lystimpätä minusta kuitennii olj nahkapalojen silippuileminen terävällä veitellä. Se se ollii hauskoo, kun sai vielä piälle piätteeks koittoo ossoisko sitä leikata pieksunemäksijä ja soappaanpohjia. Kyläkuunan toisille poijjille annon pollinahkoja ja sain niistä välistä jonkun penninrahhookii. Rahat pantiin tallelle äijjin voatekukkaroon, ja semmoset oli meillä meiningit, että mulle ostetaan uus lakki ja kaulahuiv, kunhan voan rahhoo tarpeeks ast karttuu.

Mut vuos seuras toista vuotta ja minullennii alako jo ikkee karttuva ja kokkoo tulla siihen meärään, jotta olin jo mustalaispoijjan lainen. Ja sillon sain leikkisuutaroimisenj muuttoo täyveks toiks. Tosinhan tuota minun annettiin oamusilla vähän pitempään moata kunj oppipoikain, voan vähitellen sekkii armo kiellettii, sillä isä sano, ettei tule hyvvee suutarija, jos ei soa vähän kiusaustakkii kärsijä. Hännii kun olj ennen oppiaikasa täyteen palavellunna, niin mestar olj voan jättännä errään talon nurkkaan makkoomaan ja sanonna talonväille:

— Onpahan sillä nyt taito käissään — pitäköön itestään huolen.

Ja koko oppiaika olj ollunna kovvoo kouluva.

Kaikista peättäin sitä minnäi rupesin tuntemaan, että nyt olj leikki lopussa — minuva, neät, alakovat pittee ihan samalla tappoo kunj oppipoikijai, sillä erotuksella tok kuitennii, että mulle annettii voita ja kahvija, joita herkkuja kotosalla ollessa oppipoijjat eivät soanna muullon kunj pyhinä. Pittäällä töissä kulukiissa ne nekkii saivat sekä voita että kahvija, vaikk'ei heille annettu kahta kuppija niinkunj isälle ja mulle, eikä isä niitä salloo suhahtamalla tahikka silimee iskemällä käskennä paljon sokerija ja kermoo kuppiin panemaan, niinkunj se minuva tek. Minusta ollii pittäälä paremp olla kunj kotosalla. Immeisettii olj kaikki mulle hyvin kohtelijaita ja kuhtuvat minuva nuoreks mestariks. Se arvonim tek mielellen niin hyvvee, että oikeen syväntä hiipas, niinkunj tähkällä huulija vettäissä kutkuttaa. Minä sain moatakkii ihan mahantäyveltä, sillä isä sano:

— Pötköttäkköön poika voan moata, niin suuremmaks kasvaa.

Teräväoppiseks minuva isä muille aina kehas. Enkä tainnakaan monta vuotta yl toistakymmenen ikävuotenj olla, kun jo tekasin soappaat ihan omin päin. Siitä lähtiin rupesin vähän ylypeemmäksii tulemaan. Pyhinä kirkolla käyvvessä en paljon muihin roppiin männä, kunj mestarmiesten. Ja ihan voan rikkaampiin talloin tyttölöitä minä kahvittelin, mut en kettää muita. Tästä minuva pilikattiin ja sanottiin:

— Kahtokeepas, kuinka se tuo poijjanmukula on olevinnaa, ikkäänkunj se jottain muuta ois, kunj voan pelekkee sinuva.

Siitä semmoisesta min en ollunna toppanankaan, tuummailinhan voan omalle itellen:

— Puhukootpa mitä tahhaasa — eipähän haukkuva koira pure... Outtakoothan, kunhan ite mestariks peäsen, niin sittepähän soavat hävetä, että nenät ryömii.

Järkähtämätön se peätöksen ollii, että suutarj minusta pittää tulla ja hyvä suutarj vielä peälliseks. Olin jo peässynnäi niin pitkälle, että isä laitto minut oppipoikain kanss pittäälle ja ite jäi kottii. Kyllä se mielestä vähän niinkunj apilaalle maisto, kun sai ite olla mestarina... ei sitä tahtonna paijjassaan pysyvä. Iteksen minä jo aprikoin, etenni sillon kunj isä tupakoimisesta ja muusta sensemmosesta pottuuttel, että annetaanhan aikoo vähän vierähtee, niin pois minä isän matkuveestae erroon ja ruppeen yksinän mestaroimaan, että jutkahtaa.

... Jos sitte vielä hyvän akkaonnen sattus soamaan, niin eihän sit ois muuta kunj hojjaileis... Immeäsettiin näytti minusta ruppeevan hyvin paljon tykkeemään ja työtän kehu melekein jokkainen. Monta monituista kertoo minä ihteen kuulin arvosteltavan tällä lailla:

— Paremp suutarj se tää nuor mestar onnii kunj isäsä, mut hätäkös sen poijjan on suutaroijessa, kun sen peä on terävä kunj partaveiht.

Mut niin luppoovalta, kunj se tulova suutarjmoaliman näyttikii, alako minusta yhtäkaikki tuossa kahenkymmenen korvilla ollessan koko virka puulle maistoo. En ollenkaan tiijjä, mikä sissään lie pistännäkkää, voan tukalalta se suutarjtyö rupes tuntumaan. Etennii sillon kunj poikarakit virnuilivat, että minusta tulloo irvisuu, kun minun täytyy tammavainoihen nahkoja hampaissan virutella ja niitä suutarjlauvvalla leikellä, vieläpä minuva pikienkeliks haukkuvat, — niin sillon oikeen vihaksen pist... Kerran sitte jo isällennii ilimotin, että minä taijjan koko suutarjviran heittee. Mut voi Toakho Rytkösen lapikkaat, kuinka ukko suuttui. Se nost hirvittävän metelin ja pauhas:

— Jos sinä vielä suus avvoot semmosesta, niin minä polovinauhallan otan selästäs pieksunpohjain mitan, lätkin sen niin mustaks, jotta näyttää samanlaiselta, kunj pakanamoan kartta tuossa seinällä.

Sen uhkauksen kuultuvan en tohtinna mittää virkkoo, mut siihen vakkuutukseen minä kuitennii päivä päivältä tulin, että ei minuva ou suutariks luotu... ei ainakaan kotseuvulla asuvaks. Tuonne minuva voan rupesii suureen moalimaan haluttammaa, vaikken itekkään tarkkaan tietännä, minnekkä sitä oikeastaan mänisin...

Siinä syntymäkotin lähellä on se korkeuvestaan kuulusa Töyryvuor. Sinne minä aina, millon voan joutoaikoo sattu olemaan, kapusin kahtelemmaa etteen ja taaksen sekä kuppeelle kumpasellennii. Minusta tuntu tämä kotseutu niin ahtaalta ja mielen palo peästä pois. Kun minä Töyryvuorelta silimäilin kauvvas ettäisyyteen, josta näky voan semmosta pelekkee sinistä, kunj taivaslaistakii, rupes oikein jalakapohjijan kutkuttammaa... niin kovast tek miel sinne. Sielläköhän se — tuumailin iteksen — lie sekkii moaliman reuna?... Voi jos sinne ast jaksas männä... Semmosissa mietteissä minä välistä istun monet monituiset tunnit peräkanasin ja lopulta aina ihten tunsin hyvin onnettomaks. Suutaroimaan ruvettuva tuntu melekein hävettävän, vaikka tätä ennen olin siitä virasta ihan ylypeillynnä. Pittääkö tässä nyt koko ikäsä immeisten tammainnahkoja leikellä ja kenkärajoja paikkailla? Ei, hitolle minä heitän koko työn, enkä pikenkelinä uhallakkaa ou — mänempä häntä, vaikka suoparuukkiin! Sen päätöksen minä tein.

Minä muutun hyvin harvapuhheiseks ja olin voan omissa mietteissän. Immeiset luulivat minut ylypeyven vallanneen ja toiset toas arvelivat, että mulle on mahtanna jokkii kumma tulla... En minä mittää virkkanna — annon asian voan omassa itessään hautuva.

Erräänä talavena olj tavallisuuvven mukkaan Kuopijon markkinat. Enskertoo elläissän läksin minnäi markkinnoille, kun peäsin Luikalan Pentin toista juoksijaoritta ajamaan. Hän ite ajo toisella. Kovalle siinä pantiin, ennenkunj isä ja äit laskivat, sillä hyö pelekäsivät, että siellä johonnii voaraan satun joutumaan tahi lankiin syntiin. Mut min en antanna perrään, voan läksin kun läksinnii. Siilon toasiisa tuummmasin, että omiks miehikseen sitä pittää ruveta, niin ei tarvii riisreättijä pittee; jos mihin meinoo lähtee, niin lähtöö kans ilman kennenkään mutisemata.

Kauvvan aikoo jo olinnii eiltäpäin tehnä valamistuksia markkinamatkoo varten. Ite ompelin oikein pitkävartiset soappaat, joihenka vonearsuuss olj punasta nahkoo melekein kämmenen levveyveltä. Nauha-Maija neulo mulle kaulahuivin, joka yletti kolome kertoo kaulan ympär ja nenät vielä sittekii pitkällä riippu, sekä kirjavan, paksun vyön. Mannis-Tahvolta ostin taskukellon ja oikeen ison vielä, kunj hyvän palonauriin, niin että liivintasku käv pullolleen, kun sen sinne pistin. Vitjattii olj semmoset väläkkävät, että ois näkynnä ihan kaivolta kotti. Mut kyllä Tahvo kelloo kehukii ja sano, että se käy ja kukkuu. Näitä tavaroitan en tohtinna kotona näytteekkää, sillä sillon ois syntynnä silimänvilike, isä ja äit kun eivät niittään semmosta suvanna, voan kahtovat sitä moalimalliseks ja syntiseks. Vasta kirkolla männessä minä huivin kaulaan panin sekä vyön vyöllen ja soappaat jalakaan. Mahtavalta poksakkeelta minä ite mieiestän tunnun ja mahtavalta lienen muistai näyttännä, koskapa immeiset kuuluvat heijjän ohi aijjoo hurruuttaissan sanovan:

— Tuota ihan oikeeks herraks luuloo.

Lystijä se olj tuo markkinoille mänö! Tiet olj hevos- ja jalakamiehijä ihan täpösten täynnä. Hyvijä myös olj ne laulut ja puhheet, joita tiellä ja syöttöpaikossa sai kuulla. Kaikki immeiset tuntuvat olovan erlaisella tuulella, ilosija kunj kolomen markan hevoset... Se vissiinnii olj sitä markkinahenkee vai mittee tuo lie ollunna. Hirnuvat ja inkuvat ne hevosettii, kunj joulu-oamuna kirkkomailla. Minä kun orriila ajjoo kuhhauttelin toisten sivute, niin tunnuttiin minuva hyvin rikkaaks arveltavan... Peästyvämme likelle kaupuntija ne meijan ropin miehet tek karsikoita puihin ja sanovat, että palluumatkalla minun pittää niillä kohilla lyyvvä ryypyllä vasten suuta, minä kun oun enskertoo markkinoilla.

Oamuhämärässä myö tultiin kaupuntiin. Sillon olj jo väkkee enemmän liikkeellä, kunj meijjän kirkolla tunköpyhinä. Päivän valettua tahto silimän revetä — niin kommeelta kaikki näytti. Mistä tuo moalii lie riittännä, koska pienet kartanorähjättii ja lauta-aijjattii olj moalattu. Ilimankos kaupuntija moalkyläks sanotaan. Paljon pulskempija olj kaikki talot, kunj meijjän pappila. En minä malttanna kauvvan korttierissa siekailla, voan läksin muita kahtomaan ja ihteen näyttämään. Sepäs olj vasta siivoo tämä immeistuluva... ihan niitä olj immeisijä niin paljon, että toisijaan hankasivat. Ja puotija ja tavaroita... otappas niihin meärästä selevä... kyllä varmaannii koko moalima on tänne kokkoontunna... Mut eihän, — mietin kuitennii iteksen — sieltä meijjänkään seuvvulta vielä puoletkaan tullunna... Suur mahtaa moalima olla — tokko tuolla reunoja lienöökkää?...

Kolome päivee myö oltiin markkinoilla. Sillä ajalla sitä jo tok ennätti jos jottain nähä ja kuulla. Enimmäkseen minä kuleksin Mattilan Maijan kans ja eiltäpäin meillä ollii jo sopimus siitä tehtynä. Makson minä Maijan eistä karusellissa ajamisen ja vein hänet panoraamoo ja kometijjoo kahtomaan. Siinä panoraamassa toivon soaha nähä kuvija maaliman reunapuolelta, mut tappeluita ja muita sen semmosija siinä voan näytettiin. Ne kometiijjalaiset kuitennii velkultija olivat, kun keänsivät immeisten silimät, että kaikki näytti toiselta, kunj oikeestaan olj, nielivätpä terävijä miekkojakkii aivan kunj juustonherroo... Mäntiin myö Maijan kans rahtyöriinnii, semmoseen ihan missä voan pelekkijä herroja käy. Het sissää astuttuva laitto rahtyörin mampsel meille istumet... se tais jo peältäpäin huomata, että min oun mestarjmiehijä. Minä oisin ostanna meille kumpasellennii lasin porkviinijä. Mut Maija pelekäs, että se männöö hänen peähäsä jos koko lasillisen juo, eikä sitä toas ois sopinna juomata jättee, kun se olj niin kallista, että makso kokonaisen markan las. Sitten minä ostin voan yhen lasin, josta vuoronperrään ryypittiin. Eikä se Maija uskaltanna paljon ottoo — korreita huulijaan sen verran kasto, kunj peäsk kesällä järvessä purstoosa. Herrat kahtovat meihin ja nauroo vornottivat. Minä yritin heille kiljaista:

— Naurakee omilla noamollanne elekeekä meillä, mokomattii partajiehkanat!

Mut Maija kiels minun mittää virkkamasta ja minä itekkii arvelin eitä ne varmaannii ilohtoovat siitä, kun soavat katella Maijan punakoita poskija. Mut vilikas ne minnuunnii, etennii minun soappaisiin. Meinailin minä niille jo sannookkii, että soappaat on minun ihten tekemät, voan tuumasin sitte, että mittee minä joutavija... Vielä myö Maijan kans ihmisvossikallakii ajettiin ja se vasta ollii nöyrä mies se ihmisvossikka... se pokkuroi ja peittel meitä ihan kunj parasta herrasväkkee. Ja kunj sitte ajjoo pyyhästiin, niin lum oikein pöllys ja polliissimies kättään nost... Torilla myö ostettiin Poavo Putkosen viisuja, kun se ensin opetti nuotin. Samalla matkalla minä Maijalle ostin ison Viipurin rinkelin, joka kuulu olevan Vaittisen emännän ihtesä leipoma. Muihinnii suuta sitä tulj muistoo, kun ne minut korttierissa mestariks nostivat, niin että kyllä minulta markka poikineen männä pyöräht. Kottuomisija pit ostoo kans.

Mut kun sitte kottiin palasin, niin olj tora vastassa, kunj jeasai. Vanahukset eivät ollenkaan suvanna, että olin niin kommeen huivin ja vyön hankkinna. Vahingossa sattu äit näkemään tärkätyn simpsetin ja rikkooliivit, jotka markkinoilta ostin... ja sillonkos jouvvun helisemmää... Ne rupesivat — isä ja äit — oikein toruva pauhoomaan, uhkasivatpa, että mulle tästälähin tehhään voatteet vanahasta säkistä ja likellä olj, ett'en soana selekään... Sillon minusta tuas alako kot tuntuva ikäväks ja elämä niin tukalaks, että luulin paremmaks itellen peästä issoon moalimaan. Siellähän sitä — tuumailin iteksen — oppis yhtä ja toista... Tuskimpa muuvvalla niin pöllöjä immeisijä onkaan, kunj meäjjän pittäässä... Kaupunnissa on suutarii herra ja sen akkookii sanotaa rouvaks, niinkunj rovastin ruustinnoo... Jos sitä voan teallä täytyy olla, niin semmosena pöllöpeänä pyssyy, että kometiijjalaiset soavat silimät keäntee. Ei, liikeliepeelle sitä pittää lähtee ja männä niin kauvaks, kunj peäsöö... ihan vaikka moaliman reunaan ast... Annahan olla, jahka Luojan poika Jyväskylästä palatessaan lumet sulattaa ja kesän talavesta tekasoo, niin tokkohan mun hiken teällä haisoo...

Soatto niillä immeisillä olla syytä lapsempana ollessan minun ylypeemmäks tulemisestan puhuva, mutta nyt ne varmaanni olj ihmeeseen yhtynnä, minä kun en pitännä seuroo kenenkää kans, voan olla murnotin yksinän omissa lämpösissän, kunj entinen Hankasalamen akka jouluoamuna reissään. Kun sattu selekeemp ilima olemaan, sillon roahasin ihten Töyryvuorelta kahtelemmaa moaliman toilauksija. Siinä sitä jos jottain tulj tuummineeks. Valliin muistu mieleen Mattilan Maijai ja tuntu sillon syvänalloo vähän niinkunj ellostelevan... mittee kipristöstä se lienöö ollukkaan? Mut minä arvelin kuitennii, että kyllä sit on ensinnä mäntävä viisastummaa, tavottaahan sen Maijan sittekii... ja eikös niitä löytyne muitai Maijoja, jos hänet sattuu jokkuu toinen akakseen koappasemmaa.

Kaikessa hiljasuuvessa minä pitkin talavee seästelin rahhoo — ja oljhan mulla sitä jo pien summa ennaltaannii — matkan varalta sekä tiettelin yhtä ja toista kampsuva. Eikä ajatukset ennee kotseuvussa yhtään pysynnä, voan kauvaks halu palo. Muistiin johtuvat kaikki ne immeiset, joita markkinoilla näin. Ois hyvin lyst — tuumailin — soaha tietee, mistee niistä mikkii olj kotosi ja oljkohan kukkaa läheltä moaliman reunoo, jonne päivä päivältä rupes yhä enemmä haluttammaa, jotta ei unjkaan tahtonna silimiin tulla. Vanahempan luulivat, että mulle varmaannii on tehty taikoja. Hyö meinailivat kuhtuva ukko Lehmosta minuva puoskaroimaan ja alakovat syyttee Oatun Vappuva, että se muka johonnii tyttöön tartuttookseen on minuva huusloaranna taikoisa kansj jonka tähe minä ruppeen näivettymmää, kunj pyy moaliman lopun eillä, tahi vielä hassuksii tulen... Minä kyllä koitin vakkuuttoo, että hyö hupattavat tyhjee, mulla kun ei ou mittää hättee, mut ne voan pottuuttel minuva ja kivenkovvaan tiijjustelivat, että ounko minä kettää tyttöö luvanna akaksen ottoo ja sitten oun pettee jutkauttanna. Ja kun väittee kinistin vastaan, niin äit arvel, että min oun markkinamatkalla langenna syntiin ja soan siitä rangaistusta kärsijä... Parraan kykyn mukkaan koitin selittee, ett'en koko matkalla koatunna ollenkaan, yhen ainuvan kerran yritin veskorvon tähe horjahtoo, mut sillonnii peäsin piisinrautaan kiin. Voan eihän ne uskonna, vaikk ois mikä ollunna.... Kun siinä sitten elämä olj semmosta vastakäläkistä, sanon erräänä päivänä vanahemmillen näin:

— Antakee työ minun olla rauhassa, niin kylläpänhän vielä peäsette tietämään, mikä minuva vaivoo...

Kulu tuossa sitte talavii kun kulukii, ja ensin tulj kevät ja sen perästä kesä. Multa loppu myös ruunankummina oleminen, sillä minä sain lusikkanj pappilasta ja peäsin ripille. Ja olihan tuo mulla aikai peästä, minä kun en ennee vasikka ollunnai, voan ihan jo mynttimies. Taishan siihen ripille peäsyyn olla apuna sekkii, kun minä aina kouluviikolla kävin joka oamu lankkoomassa lukkarin soappaat niin väläkkäviks, että niistä kuvvaisesa näk, ja syötin kaks kertoo renikoita suntijan poijjilla. Sitä paits minä jo olin oppinna lukemaannii, että sanasta kyllä selevä tulj, kun voan aikoo annettiin. Nyt olin siis tullunna siihen ikkään, että soaton ruveta aikeitan toimeenpanemaan...

Muuvvanna sunnuntaina kun äit ja isä tulj kirkosta, sano isä:

— Nousviikoks pittää sinun männä Antin kans Lapinmäkkeen suutaroimaan.

Mut kun mulla olj jo kaikki tuumman valmiina, vastasin minä:

— Kyllä mun eistän soa jokkuu toinen männä — minä ite lähen moalimata kahtelemmaa.

— Mittee se tuo poika nyt hoastaa? tiuskas isä het. Ja minnekkä sulla sitte on meinink männä?

— Lähempä häntä voan miilustammaa ja jos matkan hyvin rottii, niin pistäyn ihan moaliman reunassa ast.

— No, mut outko sinä mieles myönnä ja rahat sitten juonna ja syönnä vai mittee tämä merkihtöö? Ja iliman sitä, mittee sinä siitä paraneisit?

— Paranen tok paljonnii. Ja kyllä se voan ihan varma on, ett'en ruppee koko ikkeen teällä pöllöin immeisten parissa olemaan.

— Vai pöllöin immeisten parissa, sano äit ja lyyvvä lävväytti kämmenijjään yhteen. Voi herranen aika tuota poikoo, mittee se nyt höpisöö... Vai pöllöin immeisten parissa! Mikäs viisas sinä ite out? Ja kehenkä tässä sinusta on muita viisaamp tullunna, häh? Sanoppa se!... Voi kuitennii tuota poikoo!... Ja ollaanko myökii, isäs ja minä, pöllöjä?

— Olokeepa työkii mitä tahhaasa — sanon minä — mut ei tässä muu kunj lähtö auta. Ja ihan jo huomisoamuna minä luun taipaleelle laitan, enkä ijankaikkisest ruppee yhtä paikkoo hautomaan...

— Nyt sinut ottaa ojantakanen, niin että opit vielä hautomaannii, kun minä polovinauhalla kirjutan matkapassin selekääs, kiljas isä ja koappas suutarvakan penkin alta lattialle.

Äitii alako seinälle pälyvä — se tais katella hierintä assekseen...

Silloin minä arvasin, ett'ei kohta ou lyst olla. Peätin ensinnä turvautuva jäniksen keinoon ja luistoo pakkoon, mut tuummasin sitte, että annappas olla, kun minä koitan vanahuksilta ottoo säikäyttämällä luonnon pois iliman voan pilollan... Koappasinpa siis korennon sopelta, nostin sen pystyyn ja oikeen kovast karjasin:

— Elekee tulla niin lähelle, että minä yletän, tahi tässä jokkuu joutuu lautoin ja jokkuu rautoin.

Silloin samassa hyppäs uunilta Jysky-Jussi, joka meillä loisena asu, ja nost hirveen möläkän huutain:

— Vai ruppeette työ jumalattomat immeiset helaperjantaina — Jussi, neät touhuksissaan ollessaan muist rukkouspäivee helatorstaiks — tappelemmaa. Hävetkee tok seihtemännen käskyn rikkojat, kun ette pyhitä lepopäivee. Vai semmostako siellä kirkossa neuvottu? Ja mittee työ siitä poijjasta tahotte estellä? Jos sen halu hyrree mänemään, niin männööhän se kuitennii, kun hän mynttimiehenä soa tehä, mitä ite tahtoo. Eikähän sitä ennee soa komentoo, kunj lasten joukkoon kuuluvata, sillä johan hän on ripille peässyt mies. Antakee työ voan poijjan männä — sielläpä oppii tietämään, miltä pii haisoo ja tulloo viisautesa perille.

Tämän kuultuvaan viskas isä polovinauhasa vakkaan, potkas sen penkin ala ja istu. Äit istu kans. Minä panin korennon sopelle. Jussii män sänkyysä, eikä ennee ollunna niin hirveen näkönen kunj äsken, että sitä oikeen pelekäs. Vari sillä Jussilla näky olovan, mut kummakos tuo oljkaan, kun uunilta tulj. Ei ollunna vilu mullakaan.

— No, onhan se sittäi, sano isä viimmen. Jos poikoo haluttaa lähtee leivän luota näläkee näkemään, niin mänköön sitte.

Mut äit paraht silloin täyttä kulukkuvaan itkemään ja ilikeest minunnii mieltän veäns. Voan isä hönkäs äijjille:

— Rupeeppas tuossa volisemmaa! Tiijjän minä, ett'ei tuommosija matkamiehijä tarvihte itkee, sillä kyllä routa porsaan kottiin ajjaa. Etkö muista, mitenkä Mikon Alapetinnii matkalle käv? Eihän se sekkää peässynnä kunj Hannilaan ast, kun jo sika söi evväät, vaikka niin miehiks olj ijäks päiväks lähtevinnää. Samoin ihan käy tällennii... Kunhan näläkä ruppee suolija kurnimaan, niin het paikalla, on siitä varma, keäntää poika nenäsä kotija koht... No, etkös ala pittee kiirettä, jos matkas pitkäi lienöö... Mut paa se mielees, ett'et meiltä mittää soa — yhtä alastomana kunj meille tulit, soat lähteekkii...

— No, sitä paremp, mitä välemmin tästä ampiaispesästä peäsen, tuummasin minä ja läksin voate-aittaan. Sieltä keräsin kaikki omat hankkiman tavarat nyyttii. Samalla siinä muuttoo sukasin kuruhihapaijjannii peällen ja pistin jalakaan aivinaiset alushuosut, jois olj oikeen taskuttii. Sukat ja muut kampsut olj jo kirkolla Kahvi-Mallan mökillä, jonne ne jo eiltäpäin olin laittanna valamiiks. Eikä nyt kylymä ollunnai, niin että paljaat soappaat voan jalakaan panin. Sitten sujjautin pistee peällen uuvvet kesävoatteet, joita äit ja isä ei multa tiennä ies olevankaan, ja otin simpsetin kaulaan sekä läksin tuppaan takas. Minusta näytti, kunj jokkaine siel ois ollunna niin pilokkoovan näkönen, että tahto sappeen sattuva, ja varma min oun siitä, että minun matkan luultiin yhellä tavalla musukoppaan mänövän, kunj Mikon Alapetinnii.

— Kas kummoo — sano isä tuppaan tultuvaan — tuohan se ollii matkamies ja minä kun säikäin papin sieltä tulla porskuttelovan. Missees ne on matkustajan vaunut ja hevoset vai ajatko nuilla sijolla, jotka tuossa kujan eustalla kärsillään moata tonkii, kinkerinkirkkoon?

Tuommonen pilikka tek mulle ilikeetä, mut eihän sitä bsanna mittään virkkoo, kun olj niin tärkee hetk, kunj koista erroominen. Minä astun isän etteen ja ojensin käten hyvästiks. Mut isä ei antannakkaan kättään, voan sano:

— En minä viiti tyhjän tähe kättän kuluttoo.

Minä vilikasin sitte äitiin. Sekkään ei ollunna minuva näkövinnäänkää — kahto karsina-akkunasta pellolle ja mitä lienöö hoastellunna toukoin kasvamisesta. Ei minun siinä muu auttanna, kunj keännyn ovveen päin ja männessän hiljoo hymmäin:

— Jeäkee Herran halttuun!

Ovvee kiin painaissan kuul isä hoastavan jäläkeen:

— Jos huomisiltaan jo tarpeeks ast näläkiinnyt, niin koita joutuva valavonta-aikaan kottiin, että soat ruokoo. Minä keitätän äijjilläs tattarpuuroo, oikein vielä sakkeentyhnäkkätä, että on ruokasata, kunj Lassi Jäntin oamijaiskeitto.

Oppipoijjat meinas pihamoalta lähtee minuva soattamaan, mut isä avas akkunan ja huus:

— Ei soa meijjän poijat kyitiin männä — pitäköön herra omat kuskarisa!

Tuntu vähän kummalta kottoosa lähtö niin tiettymättömän varraan, oikeempa luulin, että syvämmen on aijoltaan peässynnä... Mielellän oisin vilassuna jäläkeenpäin, mut kun olin kuullunna, että ikävä tulloo paremmin, jos voan jäläkeesä kahtoo, niin empä uskaltanna. Minäpä en tahokkaa — tuumasin iteksen — ruveta ikävöimään tahikka muuten palluuhommiin ryhtymään, niin soavatpa nähä, käykkö mun matkailen niinkunj Mikon Alapetin. Mut entäs jos akka sattus vastaan tulemaan, pitäsköön keäntyvä takasi? kysäsin iteltän siinä tietä astuva hiepruttaissan. En tok keäntyskään — vastasin ite samalla tavalla kunj olin kysynnäi — vaikka viis akkoo ihan mustanaan vastaan tulis. Ja jos minä voan takas keäntysin, niin ihanhan ne kotona ihtesä naurasivat ristisuisiks, kunj jänikset. Uskokoot muut sitä taikoo, että sillon käy matkalla huonost, jos akka lähtiissä ensiks vastaan tulloo — minä voan en sitä tällä kertoo usko... Soa nähä,

25

miten tää matkan männöökää, kun en nähnä yhtään immeistä enkä elläintä koko välillä Mallan mökille kulukiissan. Siellä tavallisuuvven mukkaan olj väkkee paljonnii, sillä kaikki siinä olj tottunna käymään kahvikupin ryypätä hörräyttämässä, jopa hevosettii Kahvi-Mallan mökin kohalla seistä töksähtivät. Kun sitte soatiin tietee, että min oun lähtennä kottoo moalimata liikkumaan, niin siitäkös hoastamista tulj. Yks kiels, toinen käsk ja mikähän mittäi pörpätti. Mut min en voan ollunna koko puhheista toppanankaan — nauron ja iliveilin niinkunj ei mittään ois tekeillä. Sitten yön kulluissa alako Mallai minuva pelotella ja kun hän kuul, ett'ei keitään vastaan tullunna, arvel hän ett'ei se merkihte hyvvee. Vielä hän lisäks kerto, mitä mikkii immeine olj takanapäin sanonna mun lähöstän. Toiset olj tuuminna, että se olj vanahempain syy, kun ovat liijjan ankaroita ollunna, eivätkä muka ou paremmin lastaan kasvattanna, toisten mielestä olj toas lähtön syynä se, että kun en ou oikeen oppinna lukemaan, niin pöllöyspäissän lähen kuleksimmaa ja kolomannet olj peättännä, että min ou itepintanen, kunj äksy hevonen. Kaikki kuitennii olj ollunna varmoja siitä, että minä, näläkä kintussan, hyvin pijan palloon takas. Näitä tämmösijä kuullessan minä sanon itellen:

— Puhukoot pukille ja hoastakoot hämähäkille. Malttakoohan, jahka mänen siihennii moahan, josta kometiijjalaiset ovat kotosi ja opettelen ulokomoan kielijä

26

lukemaan, niin eivätpä teällä ymmärrä niin hölynpölyvä, jos kerran palattuvan jottain luven. Ja soatanhan minä opetella silimijäi keäntämään, niin ovat vielä ihmeessä mun kanssan — paan heijjät vaikka peälaillaan kävelemään... Ja entäs kun käyn moaliman reunassa ast, — eiköhän kotpuolen immeisten silimät mäne sillon nurin peässä?...

Oamulla vehnäskahvit ryypättyvä, alon arvella, että nyt ei ou aikoo piiskutella, voan pittää lähtee lyömään lapikasta kettoon. Vaikka Malla olj tähän ast ollunna ensimäisijä minuva kehottamassa isän päntyveestä erroomaan, niin nyt se alako kiellellä ja sano nähneesä pahoja unija. Ei mun sopinna keäntymistä ies tuumaillakkaa ja sentähe sanonnii:

— Akkahan tieltä keäntyy, mut ei mies minkäänlainen.

Ja sitte minä rupesin lähtöö tekemään. Malla ja ne toiset, joita olj lähtökahville kututtu, siunailivat minuva matkan varalle. Etteisessä männessän tulj vanaha Annastiina jälkeen, otti olokapäistän kiin ja puist, että evän täris. Hammasta purren hän sitten sano:

— Nyt ei ennee mikkää paha pysty... Tavaroita ei niin kovin paljon matkaan tullunnai, jotta ne hyvin jakson selässän kantoo. Mittään erityistä suuntoo en olluna osanna matkailen tehä, voan läksin kulukemaan sitä ilimoo koht, mikä Töyryvuorelta näytti kaikkiin loajemmalta. Ensimältä astuminen rupes jalakoja vaivoomaan, mut vähitellen siihennii tottu. Uutta ja toisenlaista sai jokapäivä nähä ja tuskinpa koskaan kahta kertoo samanlaista näk. Immeiset luul minuva kauppijaaks, ja kyselivät, ostanko minä vai myönkö ja tievustelivat rohtoja minulta. Luultiin minuva käinkahtojaksii. Voan kun sekkää en ollunna, niin peäteltiin, että oun lukuherra ja kuleksin viisastumassa. Olj toas seassa semmosijjai, jotka utelivat:

— Minne matka vettää?

— Ilimampa voan kävelen, vastasin välistä.

— Ei sitä tyhjee kävelemistä kauvvan tie omissa evväissään, sanoivat immeiset sillon ja naurovat.

Kun joskus niin utelijaita tapas, ett'eivät lakanna kyselemästä, vastasin suoraan:

— Minä oun matkalla moaliman reunaan.

Tämän kuultuvaan yhet rupes nauroo kikattammaa, että suu veny ihan korviin kohalle ast, toiset sanovat toasiisa, että multa ennen ikä loppuu, kunj moailman reunan tappoon, sillä kun ei reunoo oukkaan, ja kolomannet pitivät minuva koiranleukana ja tuummivat:

— Katoppas, minkälainen viisanikki sin out olevinas!... Mahatkoon sinä olla viisain isäs lapsista vai sekö niistä viisain olj, joka kuolleena synty?

Min en sanonna muuta, kunj voan pahottelin, että vielä teälläi on immeiset niin pöllöjä ja toivotin, että jo pijannii peäsisin viisaampain sekkaa. Eikä talonpoikaset yksinään tyhmijä ollunna, voan yhenlaisia olj herrattii. Niinpä kerrannii ajjoo körötti kommeilla kiessillä mun vastaan herra, jolla olj lakissaan samanlainen merkki, kunj meijjän vallesmannilla. Se seisotti hevosesa ja kysäs:

— Mistee sinä tulet?

— Jäleltäpäin, vastasin minä.

— Minnekkäs sinä mänet?

— Etteenpäin.

— Kuule, mies, elä sinä viisastele, voan sano het, mistee sin out.

— Lihasta ja luusta sekä vähän henkee välissä.

— Kirottu lurjus! Sano het, mistee sin out kotosi?

— Sieltä, josta tämmönen poika on poikessa ja — sinä soat männä sijjaa, jos haluttaa.

Sen kun voan sain suustan sanotuks, niin voi halavattava, kuinka se herra suuttu. Se uhkas minut panna köysiin ja laittoo linnaan ja Sipirjaan. Minä jo vähällä säikäin. Mut sitte yht'äkkijä jysäht mieleen, että ottakoon kiin, jos tavottaa —

ja läksin mehtään juosta kapristammaa, minkä käpälästän keänty... siinäkos lepikko rapis, kun minä männä vilistin. Ärjyminen voan kuulu jäläkeen. Kun se lakkas kuulumasta, tulin moantielle ja kaikessa rauhassa matkoon jatkon.

Päivä päivältä kulin etteenpäin, enkä kiirettä pitännä, kun ei kiirettä ollunakkaa, eikä vilua eikä näläkee. Rahhookii olj vielä taskussa, vaikk oisin köyttä tehnä, kun voan en ois kovin pitkee ja paksuva tehnynnä, ja rahalla toas sai, mitä suinnii suuhusa ja säkkiisä tarviht. Ja monessa paikassa, missä nuorija tyttöjä olj, syötettii ja juotettii minua ilimaseks — varmaannii ne luul mun suluhasena kuleksivan. Hyväst mun matkan männii, kunj messinkbjjylällä.

Jalakapatikkata minä enimmäkseen pistelin, kunj Jierusalemin suutarj, jokska minuva yks akka luulii, kun kuul, että min oun matkalla moaliman reunaan ast. Välliin minä hujjautin kyijjilläi ajjoo, kun voan sattu myötänen kyit.

Kaukana minä jo kotpaikalta olin, koko pitkän matkan Haukvuoren toisella puolla, jossa immeiset sano moaliman keskpaikan olovan. Kerta sattu kanssan kulukemaan muuvvan ikämies, joka olj paljon ollunna liikeliepeillä ja käynnä aina Tyrnävällä ast. Siltä minä nuin voan sivumännen kysäsin:

— Vieläköön mahtaa näiltä seuvvun olla pitkä matka moaliman reunaan?

— Voi veikkonen — sano se ikämies ja nauraht — kyllä vielä matkoo on, kun Iitinnii takapuolla kuuluu ihan kokonaisija pittäitä olovan.

Mut eipä mun sopinna siitä tiijjosta säikähtee! Etteenpäin voan peätin kulukee. Kumminnii tein matkansuuntaan sen muutoksen, että tästä alakain rupesin mänemään vähän vinnoon eli kalanleikkaukseen sitä ilmoo koht, josta päivä talavella Töyryvuoren takkoo nous. Sitte taisin joutuva rättimiesten moahan, koska puhe olj samallaista kovakulukkusta polittamista, kunj niilläi rättiukolla, jotka talavkauvvet niin likasija riepuja ajeloovat ehtimässä, ett'ei meijjänpuolen akat niitä ilikii pestäkkää. Paljon erlaisempoo moalima toas teällä olj. Varmaannii olj kunnon suutarjloista puute, koska kengät olj niin kummallisija poslikkaita. Meinasin jo ilimottoo, että min oun suutarj ja näyttee oikeen kengäntyylin. Mut sikseenhän tuo jäi, kun tuummailin, että suolen soa ensin leipee huutoo, ennenkunj sanon suutarj olovan.

Kulin voan eimmäks ja luulin jo peässeen ulkomaille. Mänin vieläi kauvemmaks ja viimmen tulj kaupunt vastaan, jota minä arvelin siks vanahaks Poapeliks, kun sen keskessä seistä törrötti semmonen tornin törilö ja kun siellä hoastettiin niin monenlaisija kielijä, ett'ei hiiskään taijja kaikkija ymmärtöö. Immeisijjäi olj jos jonni karvasija — mikä heistä sitte lienöö ollunna herra ja mikä narri... Mut olj niitä mampsellijjai ja ne olj semmosija kuvatoksija, että ihan niitä kotopuolellan hevoset pelekees — niin kummallissii hörstylä- ja törstylävoatteisii ne olj ihtesä värpännä. Suun selällään kunj heinälaun ov minä kaikkija kahtelin. Viimmen sitte erräältä tievustin:

— Tässäkö se on se vanaha Poapelin kaupunt?

— Ei tää mikkää Poapel on, voan Viipur, olj vastaus.

Siinä kävellessän pitkin ja poikki tuummailin, että jahka löyvvän sen Viipurinrinkeliin tekopaikan, niin syön niitä ihan kyllältän, sillä tottahan niitä teältä soa hyvin helepolla hinnalla, varsinnii jos iteltään emännältä ottaa. Toas sain olla koko kiipelissä, kun jokkainen, jonka kans panneusin pakinoimaan, aloko tiijjustoo, mistee oun kotosi ja minnekkä mänen ja kun muutamille sanon matkustavan moaliman reunaan ast, niin toiset nauro ja toiset arvel, että järken mahtaa olla veillä sekotettuna. Kerta muuvvan herralta haiskahtava uhkas minut antoo polliissin kynsiin, niin tottahan herkiin emättömijä hoastelemasta. Mulle tulj kova kävelylyst koko miehen lähheisyyvvestä pois.

Yhtä pitkee katuva astuissan ja töllistellessän huohmasin ikkunan, josta kymmenijä hirveitä noamoja kahtoo vornotti... nekös vasta olj näykkäitä! Enstopakassa luulin, että siinä mahtaa luisuohtija olla, ihan peäpaholaisija, mut sitte juolaht mieleen, että samanlaisija noamoja olj niilläi kometiijjalaisillai. Teältä ne varmaannii — tuummin iteksen — olj kotosi ne kuojailijat, jotka talavella Kuopijon markkinoilla immeisten silimijä keäns. Enkä malttanna olla, voan mänin kysymään. Mut voi turkanen, minkälainen Ilomantsin leimaus mulle annettii — semmosella Könösen kyijjillä minut ulos ajettii, että tahon nurin lentee... Kyllähän se paikka kauppapuojjilta näytti, mut jos siinä niin kiukkusija kaikille ollaan, niin eipä taijja kauppa liijjaks käyvvä, arvelin loitommaks peästyän. Sitten jouvvun issoon väinkihhuun ja luulin siinä markkinoita piettävän, vaikk ei siinä kuitenkaan markkinoita ollunna — joka päivä siinä kuuluttiin yhellä lailla kihistävän semmosen pyöreen kivrakennuksen ympärillä, joka olj ikkäänkunj ruisaumma. Siellä olj kaupan Viipurin rinkelijjäi. Puutun siinä puhheisille muutaman paksun akan kans, joka sano olovasa ite Vaittisen emäntä ja parraihen rinkeliin olovan hänen leipomijjaan. Hän mahto olla tavattoman allainen immeine, kun ite viiht seisoo myömässä ja kaikkija ostajoita kuhtu isännäks, mut minuva sano oikeen herraks. Olj se akka voan semmonen suka, ett'ei sen kans ollunna lempokaa kauppoo tekemätä. Kolome rinkelijä minnäi ostoo porrautin ja siinä jutun alakuun peästyvän kysäsin:

— Oiskoon teällä kettää, joka ossois suorimman tien neuvvoo moaliman reunaan ja opettoo silimijä keäntämään?

— On teällä yks herra — vastas se Vaittisen emäntä — semmonen, että se ossoo mielennii keäntee, koskapa on soanna vieraan moan viran ja suomalaiset rahat itelleen, mut se on useimmiten pahalla peällä...

Sen kuultuvan tuummasin, että mitteepä minä mänen paljain käsin haukanpesälle ja rinkelijä syyvvessän läksin astuva loappailemmaa pitkin rantoo.

Sitä rantoo liikkuissan minä vasta ihmeeseen yhyn. Sinne, neät, tulla tupruutti järvee myöten semmonen kummitus, ett'en ollunna ennen nähnynnä, enkä ymmärtännä, mikä ihme se olj. Paksuva savuva se mustan torven kautta pössyytti sisästään, leähötti ja kuluk etteenpäin, vaikk ei sitä mikkää ollunna vetämässä ja järvii olj ihan rasvatyyn, niin ett'ei sitä tuulkaan tuonna. Meinasin mokomoo noitakaluva lähtee pakkoon ja arvelin, että se mahtaa olla merjpeto, mut kun muutkaan immeiset ei sitä pelännä, jäin minnäi seisomaan. Kuitennii minuva vielä siks pelotti, ett'en uskaltanna likelle männä, ennenkunj se herkes tohisemasta ja höyryvä kuppeeltaan työntämästä. Siinä sain kuulla, että tuota kummoo sanottiin höyrylaivaks. Minä rupesin tuummailemmaa, että mikkään juutas sitä kulettannoo, mut kun näin siihen halakoja ruvettavan kantamaan, hoksasin siilon, että varmaannii sen sisuksessa poltetaan tulta, jotta ves järvessä ruppee kiehumaan ja sitte se kiehuva ves työntää laivoo etteenpäin. Kova tulj siinä voan pittää olla —

tuummailin itseksen, — että ves niin kosken tavalla kiehuu, kunj äskön vielä laivan rantaan peästyväkkii näky tekövän...

Kun siinä seistä töllötin, tulj sieltä höyrylaivasta yks vahvatekonen mies, jonka posket olj pyöreet ja punaset, kunj maijjonpeällisellä hivellyn kalakukon. Sen peässä olj semmonen kumma lakki, jonka laijjassa olj oikeen kullalla tehtyvä kirjotusta, ja sen nutunkaulus olj hartijoilla levveellään riippumassa, kunj akkain kaulahuiv. Hajalla hoaron se kävel ja tulj suoraan minuva koht, Kun se peäs ihan etteen, löi se loajalla kämmenellään olokapeähän ja sano:

— Paa suus kiin, Tupa-Jussi, ett'ei kärpäsijä kulukkus täyteen lennä.

Minä säpsäin, puristin suun kiin, kunj mampsel, ja pelekäsin, että nyt taisin ihan uhhoon yhtyvä. Mut eipä siinä hättee tullunnakkaa, sillä se mies rupes hoastelemmaa, niinkunj immeine ainai ja sano jo peältäpäin nähneesä, että min oun Tupa-Jussi.

— En minä mikkää Jussi ou, voan Joakko minun nimen on, koitin minä selittöö. Mut sillon hän alako nauroo rötköttöö ja sano:

— Tupa-Jussi sinä sittennii out minnuun verraten, joka oun merjmies, enkä mikkää moanpolkija. Jos tahot

35

semmosija ihmeitä kuulla, ett'et ou osanna uneksijakkaa, niin lähe kansan kävelemmää.

Kahiste minuva ei tarvinnakkaa pyytee, sillä het olin valamiina astumaan, vieläpä hänelle hökäsin:

— Mulla se ois meinink männä ihan moaliman reunaan ast.

— No, jos sulla semmoset meiningit on — sano se merjmies — niin parast on, että tulet sitte meijjän laivaan.

— Käykkös se teijjän laiva moaliman reunassa ast ja outtekos työ siellä millonkaan käynnä? kysäsin minä.

— Voi, Tupa-Jussi, ihtees, mittee sinä hoastatkaan! Ounhan minä jo neljätoista vuotta merta purjehtinna ja kolome kertoo moalimarähjänän ympär kiertännä... jossainhan sitä jo sillon on soanna kärseesä käyttee.

Minä tulin utelijjaaks, kunj vanaha piika ja kysyn:

— Elekee panna pahaks, mut minkälaista se on se moaliman reuna?

— Sinä näyt vielä olovan — vastas se merjmies — semmonen Tupa-Jussi, ett'et sinä kaikkija kohtija ymmärrä, jonkatähe sulle voan selitän vähän sinnepäin. Välmatka olokoon hoastamata, mut siellä perillä on samallaista, kunj jos pakkoos ihteesä ahtaaseen kolloon. Ensin ruppee vähitellen pimenemmää ja lopuks tulloo niin tervapimmee, että luuloo säkissä olovasa. Sen jälkeen ei mahu ennee seisallaan kulukemaan, voan pittää käyvvä kyykkysissää ja viimmeks vatalleen lotkahtoo. Ja kun sitte ihteesä vähän venyttää ja kätesä oikasoo, niin kesksormen peällä ylettää koittoo moaliman reunoo...

Nytkös oikeen syvämmen rupes hyppeemään.

— Oiskoon mahollista — aion minä pyytee — peästä siihen teijjän laivaanne?

— No, minkästähe ei — sano hän —, jos voan merjmieheks tahot ruveta. Eikä sinuva mikkää estäkkää ruppeemasta — ja toista tok on olla merjmiehenä, kunj Tupa-Jussina. Tule voan pest ottamaan — tottahan tuommonen poika merjmieheks oppii, jos voan et hätähousu liene.

— En taho ihteen kehuva — virkon minä, — mut kyllä se isä minuva herkkäoppiseks kehu, kun opin soappaat omin päin välemmin tekemään kunj oppipoijjat.

— Vai out sinä suutarj. Sepä on hyvä, sillä semmosta meillä juur tarvitaan. Kyllä peäset — ou ihan huoleti voan.

Minä tulin yhä rohkeemmaks ja tievustin:

— Onko tuo se teijjän laivanne, jolla työ rantaan tulitte?

Siilon se merjmies rupes toasiisa nauroo rötköttämmää ja sano:

— Mikä laiva se tuommonen on! Ilimahan tuo on leikkikalu meijjän laivaan verraten, joka on Uuraassa. Se on niin hirveen suur, ett'ei ies mahu tähän rantaputeroon tulemaankaan. Sinä soat lähtee mun kanssan Uuraaseen pestinottoon. Mut ensiks sun on ostettava korkkikiikar, jolla yhessä vähän katellaan.

Kun en tiennä, mistee niitä soa ostoo, niin se merjmies otti multa rahhoo ja män yhteen puotiin. Pijan se sieltä palas takasi, toi putelin punasta rommija ja sitten myö mäntiin yhteen paikkaan rannalle istumaan.

Putelin aukastuvvaan se merjmies otti aika kullauksen ja käsk minunnii ryyppeemään sekä sano:

— Tämmönen se on merjmiesten korkkikiikar, jolla hyö moalla käyvvessään kahteloovat.

Kun väkevä rommi ryypätessän vet suutan kieroon, tuummas se merjmies:

— Ei niin hyvvee ystävättään suuvveltuva, kunj putelija, soa suutaan irvistellä, jos voan meinoo merjmieheks ruveta. Mut pelekeetkö sinä tuulta ja outko ies puhuttavankaan oikeesta tuulesta kuullunna?

— Misteepä tuota on tuulta oppinna pelekemään, kun sei vielä millonkaan ou luitan rikkonna, ja tuskimpa sen kovempata tuulta muuvvallakkaa lienöö, kunj ennen vanahaan olj ollunna Löttölässä, jossa se olj etteisestä kiskassunsa vasikannahkan ja viennä sen seinähirressä olleen vintilänreijjän lävite muvassaan, vaikka seihtemen akkoo olj ollunna pitämässä hännästä kiin. Eikä lie ihan tyyn ollunna sillonkaan, kun Karttulan pappi olj oikeen soarnassaan kieltännä sanankuulijoita kirkosta ennen myrsky-iliman loppumista lähtemästä. Suutarj Viitisen, jolla olj ollunna lainnavene, olj kuitennii ollunna pakko kiellosta huolimata poistuva. Mutt kyllä miesparkoo olj sitten selällä kiikuttanna, niin että välliin olj ollunna Viitinen alla ja vene peällä ja välliin olj tullunna vettäi venneesee.

— No, jottaihan nuo on, kun moatuulista on puhe, mutta merjtuulet ne ovattii toista lajija, niinkunj entisen leipurin pullat, sano se merjmies. Mut en niistä nyt tässä ruppee kertomaan, kun kohta peäset ite niitä kokemaan.

Sitten aina vähän aijjan peästä kahtel sillä korkkikiikarilla, tulj hyvin puhelijjaaks ja kaikenmoisija kummija juttel. Yht'äkkijä se kysäs minulta:

— Ossootkos sinä kirota ja tapella? Ne taijjot on merjmiehelle ihan välttämättömijä, kun ulokomaihin satamissa pittää välistä näyttee Suomen poikain kurssija.

— Kyllähän tuota tok — vastasin minä — kirroomisen konstin ossoon, vaikk en sitä ou soanna paljon harjottoo, sillä äit olj äkänen siitä ja selitti, ett'ei sielun vihollisen nimmee soa muullon mainita, kunj kirjoo lukkiissaan. Ja rukkiista leipeehän min oun ikän purrunna, niin ett'ei näläkä ou voimijan kuivanna, enkä vielä koskaan ou kokkoisten joukosta vertastan kissanhännän ja väkkartun veossa sekä housunkauluspainin heitossa löytännä. Tapellunna en ou muuta, kunj tälle matkalle lähtiissän iliman voan leikillän äitijä ja issee korennolla säikäytin, eivätkä ne uskaltanna minuun tarttuva, vaikka niitä olj kaks immeistä... Se olj mun puolestan voan leikkijä, laps kun ei soa kättään vanahempijjaan vastaan nostoo...

— Kaikki hyvin, sano se merjmies. Mutta onkos sulla kirjoja?

— Ei mull ou millonkaan omintakkeisija kirjoja ollunna, kun min oun vähät lukun lukenna äijjin ja isän kirjosta, vastasin minä.

Sillon se merjmies jälleen nauroo röhötti ja sano:

— Joka hoaralta sinä näyt vielä Tupa-Jussi olevan, mut tottapahan vielä viisastut. Katoppas, minä tarkotin kysymyksellän, että onko sulla passija eli reissukirjoo, josta nähhää, kuka sin out ja mistee sin out.

— Mittee sillä semmosella kirjalla tekköö — tuummailin minä — kun kerran ite oun nähtävänä...

Sen kuultuvaan se merjmies taputtel minuva olokapeähän ja sano:

— Merjmieheks sin out syntynnäkkii. Etkä sinä vielä ossoo ies aavistoo, kuinka merjmiehen elämä on hauskoo ja kuinka siellä merellä on lyst olla. Siellä soa huutoo ja lauloo niin paljon kunj jaksaa, eikä siellä ou toiset tiellä, eikä ite ou kennenkään tiellä. Ja rahhookii tulloo, kunj suopoo, niin ett'ei tiijjä, mihin sitä pannookkaa. Kaikkiin maihin tytöt tykkeevät merjmiehistä niin kovast, että kun voan silimeesä vilikuttaa, ne het tahtovat ihan suuhusa syyvvä...

Kotvasen vielä istuttuva lähettiin myö kävelemmää. Minusta tuntu niin lystiltä, etten soattanna luontoon hillitä, voan hypätä kirvotin, kunj vasikka kevväillä niitylle peästyvään ja täyttä kulukkuva huutoo parkasin:

— Mittees näistä moallisista, kunhan voan siirappija soa!

Mut silloin yks semmosissa kiiltonappisissa voatteissa olova mies läks juosta kunttuuttammaa meitä koht ja likelle peästyvään alako marmattoo... mittee tuo lienöö marmattannakaan. Se merjmies hoastel vähän aikoo ja, minuva lyyvven olkapeähän, sano:

— Tää on meijjän poikija.

Eikä se kiiltonappisissa voatteissa olova mies ennee suutaan auvassunsa. Myö lähettiin sitte matkojamme mänemään ja se merjmies sano mulle:

— Nyt sinä iliman minuta oisit joutunna kiipeliin. Se mies olj, neät, polliissi ja polliissit pelekeevät huutamista, kunj jänis rumpuva. Ja jos ne voan huutajan soavat kynsiinsä, niin ne vievät putkaan, jossa kerihtöövät peän ihan paljaaks ja syöttävät pelekkee vettä ja leipee niin kauvvan, että mahanahka on selekärankaan kiin tarttuva. Sillon vasta peästävät pois tahi laittavat ruununkyijjillä kotseuvvulle sekä tervatulla rauvalla polttaavat pahan merkin ohtaan, niin että kotpittään pappi tietää panna jalakapuuhun, eikä millonkaan anna ruveta lapsenkummiks, ikkäänkunj ois hevosennylkijänä ollunna. Mut merjmiehelle ei kukkaa uskalla mittää tehä, kunj voan ihtesä ukko-keisarin luvalla...

Kun sitte käveltiin, niin jouvvuttiin semmosten mustain immeisten parriin, jotka vet hihasta ja takinhelemasta ja mongersivat, että pitäs tulla heijjän tavaroitaan kantomaan, vaikk ei myö kuitenkaan mänty. Se merjmies selitti, että ne ovat juutalaissija, jotka outtaavat syntymään uutta Moosesta, peästäkseen sen joholla rieskamoahan. Muuten ei sanonna niihin kans olovan hyvän kauppoin käyvvä, sillä ne keäntäävät silimät ja antaavat uutena vanahoo.

Mut nyt alako rannasta kuuluva kimakka vinkuminen, ikkäänkunj aijjanraossa olovan sijan parkuminen. Se merjmies sano, että laiva kuhtuu meitä Uuraaseen lähtemään sekä pyys, että pitäs vielä toinen korkkikiikar ostoo, siinä äskösessä kun ei ennee ou, kunj tilikka pohjassa. Minä annon toas rahhoo. Sinä aikana, kun merjmies käv puojjissa, kummeksin minä, että minkälainen se laiva oikeen lienöökkää, kun se ossoo kuhtuvakkii... mahtanookkoo se hoastellakkii?... Kynttäkantta myö sitte juosta loatamalla laivaan mäntiin. Minun ihhoon hipro ihan kunj vilulla, kun siihen laivaan astuttiin. Mut siitä en ilennä hisahtookkaa, voan painausin sen merjmiehen viereen istumaan... Ja sitte siellä yks mies nykäs semmosta häkkyrätä, kunj kärrinpyöree ja ärjäs torveen, ikkäänkunj ois hevosta käskennä — ja silloin rupes rutisemmaa ja tutisemmaa laivan sisässä... Minä säikäin niin, että silimän ihan itestään painuivat kiin, oisimpa tainna kiljastakkii, jos voan oisin uskaltanna... Sen minä tunsin, että liikkeellä sitä oltiin...

Pitkä matka lie jo varmaannii männä hurotettu, ennenkunj uskalsin silmijän longottaa, ensiks yhtä ja sitte toista. Sepäs olj kyitijä, jota myö kulettiin! Savu pössys ja tuul puhals vastaan niin kovast, että lakki ei tahtonna peässä pysyvä. Rannat näytti hyppeevän rinnalla. Ja yks mies ihan lakkoomatta tunk halakoja uuniin... Sillä merjmiehellä olj korkkiikar käsissään, se maistel siitä yhtenään ja puhel jokkaiselle — kaikki taissii olla tuttuja sille.

Minustai se hoastel ja sano tulovan oikeen hyvän merjmiehen. Kehuminen tek hyvvee, kunj maitovellin syönt, ja minä tulin niin rohkeeks, että alon ympärillen töllistellä. Oisin minä männä sitä laivoo tarkemmin tutkimaan, mut kun pelekäsin, että soatan johonnii hormiin puota, en heilahtanna, voan kahella käillä pein penkistä kiin. Pijan se matka olj katkastu, ja merjmies makso kyitrahan minunnii puolestan. Sitte toas se yks mies nykäs sitä pyöreetä häkkyrätä ja vähän ärjäs torveen, niin het laiva seista töksäht, kunj kantoon ois sattunna, sitä ennen kuitennii niin ilikeest vingastuvvaa, että säikäyksestä yritin järveen kimmota. Ja niin myö peästiin Uuraasee.

Kyllä se olj nimesä mukkaine paikka se Uuraa, sillä uuraita siellä oltii — siinä olj semmosta kiirettä ja sutinata, ett'ei siunooma-aikoo oltu joute. Ja olj siellä lankkuja, lautoja ja muuta pärtöö niin hirmusest, että niistä puista ois tullunna pärreitä monelle pittäälle, jos niitä voan ei ois tänne tuotu. Minne nuo lopulta joutunoovatkaan? Laivoja ja venneitä — niitä toas liikkuu, kunj lämpösen tuvan seinällä torakoita. Tuummailin siinä iteksen, että luultavast on moaliman reunai tässä lähellä, sillä eihän muuten ois laivojakkaa nuin paljon sylypääntynnä yhteen koht. Ihan olj täys työ pujotellessa etteenpäin, eikä sittenkään tahtonna peästä, vaikka venneemme olj pien. Kielijäkkii sai toasiisa niin monenlaisija kuulla, ett'ei kaikki tainna ies kunnon kielijä ollakkaa — mittee voan lienöövät lystikseen pulittanna...

Mut ne isot laivat vasta peäihmeitä olivat, ne kun olj niin hirmusen suurija, että sais kymmeniin pittäihen kirkkovenneet yhteen pinkkaan lattoo, eikä sittekään tulis, kunj voan iliman pottaatti niihin laivoin verraten. Jokkaisen laivan paksussa keskpuussa eli mastossa hulumus värjätty voate, korree kunj tyttöin esliina kesällä, ja siihen olj vielä kuvijai moalattu. Ja niitä laivoja olj paljon, niin että mastot näyttivät kolotulta tukkimetältä. Sitten niissä laivossa olj kummallisia köysijä ja nuoraportaita, joita myöte miehet kapus, kunj oravat — ihme voan, että ne niissä pysyvättii...

Viimmen myö peästiin sennii laivan luo, josta se merjmies olj. Ja se laiva vasta ollii ite peäpeto kokosa puolesta. Se olj niin korkeekii, kunj emäpittää kirkko, ja pittuuveltaan semmonen, että kaks miestä pit olla välhuutajina, jos toisesta peästä olj toiseen jottain sanomista ja vieläpä nekkii saivat kulukuntäyvveltä kiljuva, ennenkunj kuulu... Olj tottaasa siinä laivoo palanen...

Se merjmies, jonka kans minä tulin, ollii laivan tyyrmanni eli perämies ite ja sitä näyttiin palaveltavan, kunj mitä herroo ikkääsä. Kun se laivan luo peästyvä voan hoihkas, niin het juoksetettii portaat, joita myöten myö noustiin laivaan. Suoroo peätä se män katteinin pakkeille, eikä kulunna, kunj pikkaraisen aikoo, niin jo minuttii sinne kututtiin. Näytti siltä, kunj se kattein ois ollunna moalla korkkikiikarilla kahtelemassa, sillä se tuntu olovan aika katteinina... Ison lötkyn sitte minun tultuvan se perämies ja kattein hoastel vierasta kieltä, joka kuulu samallaiselta, kunj jos kumpasennii suussa ois ollunna varija pottaattia, joita ne hättäissää hökels. Puhheen loputtuva se kattein keänty minnuun päin ja sano:

— Jasso! Sine tahto tullo mermees... Hyve on... Me tarvis yks mees... on pitke reissu tekke...

— Sitä paremp, että on pitkä matka — virkon minä — sittehän minnäi peäsen moaliman reunaan ast...

— Mitte mailma reuna? kysy kattein.

Silloin se perämies ropes hoastamaan sitä vierasta kieltä, jonka jäläkeen kattein sano:

— Jasso! Kylle sine peese tolle poole mailma reuna... Mut pane meele, ette sinu pitte aina olla hööli, tekke paljo töö, mut ryyppe vehe... Sine ei olj reissupassi?... No, ei tekke mitte... Ensin minu ei maksa, kon peeni palka, mut sit enemppi, kon nekke, ett sinu on hyve poike... Tesse on kontrakt kolme vuos peelle. Mikke on sinu nirn?

— Joakko.

— Ente sukunime?

— Misteepä minä kaikkiin sukulaisten nimet tiijjän.

— Jasso! Sine ei tiete sukunime... No, mikä on sinu isen nimme?

— Joakko.

— No, eikkö sille olj muu nimme?

— En min ou sattunna hänen nimijään millonkaan utelemmaa.

— Jasso! No, kenenke poike sinu on?

— Suutarj Joakko Asikaisen.

— Aha!... Hyve, hyve!

Ja nyt se kattein keänty vieressään istuvan kisällin puoleen, hoasto sille sitä vierasta kieltä ja se kisälli kirjutti. Sitte se keänty minnuun ja sano:

— Anta puumerkke.

— Misteepä minä sen nyt tässä koppoon, sanon minä ja rupesin pälymään ympärillen, kun luulin, että se kattein voatii semmosija karsikoita, joita siellä markkinamatkalla ne kumppalit puihin asettivat. Mut sillon se perämies ojens oikeesta käistän kaks sormee, pan ne paperille, ja sitte se katteinin kisälli kirjutti samallaiset hoarukat, kunj sihtier Suluka yhen kerran kotona isän velekakirjaan mun piennä ollessan. Ja kattein sano mulle:

— Jasso! Sine on suutarin poike. Ossako sine tekke suutartöö?

— No, kyllä min oun jo monta vuotta tehnä soappaita ihan omin päin, vastasin minä.

— Hyve! Teele sine saa tekke monta saapat. Jasso! Nyt sine on möö ittes mulle ja sine on mermees. Sine tottele minu, etke saa mene pois laivast ilma minu luppa. Jos sine ei totele, minu anta tete pamppu...

Minun housun rupes lokattammaa, kun se kattein otti seinältä kasakinpampun... Mut perämies nykäs minuva ja sano:

— Tule pois — ei tässä ou mittää hättee, sen kunj ollaan voan.

Kun muut laivamiehet peäs tietoon, että min oun nahkan myönnä, niin ne alako kuhtuva minuva rengiks ja luvettelivat töitä, joita vielä soan tehä. Mut perämies virkko:

— Ei teill ou mittää komentamista — min oun sen poijjan herra.

Sitte se perämies vei minut kajjuuttaasa ja käsk muutamija parraita merjmiehiä sinne. Niille se anto siitä korkkiikarista harjakaisryypyt ja tarjos mullennii. Kun en ryypännä muuta, kunj voan nimeks huulijan kaston, tuummas perämies:

— Se on oikein — pysy vastai yhtä siistinä, niin myö toiset soahan sinunnii osas.

Siinä pakinoijjessa sain kuulla, ett'en ois niin heleposti merjmieheks peässynnäkkää, jos voan laivasta ei ois yks mies sattunna karkoomaan. Sen sijjaan pit soaha toinen, vaikka kivensilimästä — ja miestä ehtimään se perämies olj kaupuntiin tullunnai. Minä sitte satun siihen laivarantaan niin tillilleen joutumaan...

Mut päivä olj kulunna loppuun, tulj iltapimmee ja viimmen yö. Kelepas sitä nyt ruveta moata köllöttämmää, kun olj iltasekseen mättännä riisryynpuuroo sisuksesa niin täyteen, että ihan nahka tais kiiltee. Siinä unta outtaissa alako vähän aprikoittoo, kun olin tullunna nahkan myöneeks. Ja suoraan sannoissa rupes kummalta tuntumaan, Mut kun muistin, että nythän sitä peäsöö moaliman reunaannii, tuummasin iteksen, että mittee minä suotta murehin — surkoon härkä, jolla on kovemp peäkii kunj mulla. Ja mikäs mulla on ollessan, kun ruoka taitaa olla hyvä ja vielä palakkai juosta hönöttää... Niissä mietteissä minä nukkuva tupsain ja makasin, kunj ruummensäkki. Hirveeseen jytäkkään minä oamulla havvain... ihan luulin jo moaliman lopun tulovan, siellä laivan kannella kun niin hurjast juostiin, mitä lie juostukaan, huuvvettiin ja kolistiin. Lopuks tultiin sennii kajjuutan ovelle, jossa myö perämiehen kans moattiin, ärjäseinmää, että tulukee työhön. Eikä siinä kuulunna sopivan ruveta siekailemmaa ja oamukahvija outtamaan, voan niin pit pystyyn kavahtoo, kunj ois pyssystä ammuttu — semmosen sano perämies tavan olovan. Kiireen kautta sukasin peällen mulle illalla annetut työvoatteet, melekeen samankuosiset, kunj perämiehellä olj öylön, ja sitten myö lähettiin kannelle. Siellä olj jo katteinii ja varraisesta oamusta huolimata olj se tainna ennättee korkkikiikarilla katella, koska niin hirmusest kilju ja komentel, että oikeen pelotti. Meijjän laiva olj, neät, ihan lähtemäisillään ja sentähe semmone kiire olj. Purjeita jo nostoo kiskottii yllää. Minuvai käskettiin tarttumaan touvvinpeähän ja vetämään, jotta ikenet on irvessä. Sitte veittii hirveen suur ankkur järven pohjasta kannelle, ja het alako laiva kulukee etteenpäin. Sekä rannalla että toisissa laivossa immeiset huiskuttivat lakkijaan ja huivijaan ja myö tehtiin samate. Kun ihmettelin, minkätähe muutamat naiset rupes rannalla itkee voulottammaa, niin yks merjmies sano:

— Etkös tiijjä, ett'ei merjmiehen morsijan ja kalamiehen koirra soa mukkaan lähtee, voan niihin pittää jeähä rannalle ulisemmaa...

Ja nyt sitte mäntiin js lysthän tuo mänö ollii, kun ei ies tarvinna soutookkaa. Kun kaikki kompeet olj reilassa, rupes miehet lauloo loilottammaa näin:

Laiva se on jo lastissa
Ja kaikki meill on valmisna...

Ja nyt meijän täytyy lähtejä,
Ja yks on mies mastissa.

Se olj hyvin pitkä se laulu. Minä seistä törötin mastopuuta vasten ja kuuntelin. Sillon perämies viittas minut luokseen ja sano:

— Mittee sinä toljotat, kunj Tolovasen akka! Merjmiehen pittää olla ilosen — sill ei soa suruva ollakkaa, voan ilo evväännä ja viinaputel rahakukkarona... Eikä sinuva kukkaa tuonnekkaa rannalle jeännä itkemään. Tokko sulla siellä kotpuolellaskaa olj morsijanta? Sanoppas suoraan, tykkäsitkö yhestäkkää tytöstä?

— No, en tiijjä, mittee se lie ollunna, voan kyllä meillä sen Mattilan Maijan kans semmosta siivenvetämistä olj... vaikka en minä millonkaan sille naimiseen mänöstä ja akaks ottamisesta hoastanna, vastasin minä.

— Katoppas toasiisakkii, minkälainen Tupa-Jussi sinä siinäi suhteessa out... Meillä toisilla on niin paljon morsijamija, ett'eivät kaikki mahtus tähän laivaan, jos ne yht'aikoo tulisivat... Ja niinhän niitä nuorilla miehillä pittää ollakkii... tottapa häntä sitte vanahempana yhen pysyvännii löytää... Nyt voan morsijamija vaihetaan, kunj rukkasija... hi-hi-hi...

Tällä kertoo tytön eistä
Annan vaikka henkeni —
Toisen kerran liijan paljon
Siit ois vanahat kenkäni...

Kuule, etkö sinä ossoo sitä lauluva, vai etkö ossoo ollenkaan
lauloo?
Avvoo suus ja laula!

Tuommosella puhheella se perämies sai minut iloselle
mielelle ja minä alon loilottoo:

Laulan kyllä pienen laulun,
Jos soan hyvät anteet.
Isännäll' on nivuset
Ja emännäll' on lanteet...

— No, männööhän tuokii mukkiisa... Mut laula
kullanlauluja — etkös niitä yhtään muista, sano perämies.

Minä kurotin kaulan pitkäks, kunj kurenkaulan ja sitte
kulautin:

Minun kultan' on ihana,
Kunj kalliolla marja,
Sen on tukka kihara,

Kunj maitovarsan harja...

Sillä lailla lystijä pittäin myö mäntiin etteenpäin, sivuten soarija ja niemijä. Sitte viimmen aukes selekä... ja sekös vasta selekä olj... Töyryvuorelta katellessan ei ollunna näyttännä puolikskaan niin loajalta, eikä moaliman reunasta ollunna tietookaan. Mitä etemmä myö moasta peästiin, sitä kiivaammast alako merjtuul puhaltoo ja laiva kulukee. Ja jos tuulella olj voimoo, niin poikija olj ne merjlainettii — niin laiva niihin selekään nous, kunj hevonen jyrkee mäkkee ylös. Sitte toas mäntiin semmosta kyitijä allaappäi, että peätä huimas. Vaikka meijjän laiva olj niin hirveen suur, niin sitä hutjauttel ja letkauttel kuitennii, että melekeen pelotti, jotta kyllä ne lainehirvijöt koko laivan särköövät, kun niin julumast sen peälle käyvät... Yhtenä kuohuvana koskena olj koko merj niin kauvvaks, kunj silimä kanto, ja ves pärsky ympär, niin että sitä laivaannii roiskahtel. Eikä oikeen pystyssä tahtonna pysyvä, kun laiva niin kellu. Ja sitte minut paiskas pitkäksen, ikkäänkunj toinen immeinen ois viskanna, enkä muuta osanna, kunj köntin ryömimällä mastopuun viereen ja voarnistauvvun siihen sylillän kiin. Minä jo alon käsittöö, minkälaista on merjtuul... ilimankos se perämies ei ruvenna sitä selittämmää...

Samassa näytti moalima mustuvan silimissän ja sisuksijan kouristel kummallisest sekä mieltän veäns, niin jotta luulin, että johan tässä taitaa ihan nurin keäntee... Oisin jo huutanna apuvai, mut eipä tok soanna sannoo suuhusa sopimaan millään lailla, se kun olj muuta täynnä... Välliin olin tiijjotonnakii. Jos sitte selevittyvä toisille vaivoosa valitti, niin ne nauroo vornottivat, ja lohutellessaan sanovat mun soavan vannoo merjmiehen valloo... Kyllähän minuva olj vannomisesta aina peloteltu, mut niin julumaks en ollunna valloo luullunna... Viimmesen päivän luulin jo tulovan ja koittelin siunailla ihteen, mut liekkö jo järkii sekasi ollunna, kun en mittään lukuja muistanna. Lopulta kuitennii juolaht mieleen pien pätkä ruokalukuva, jota kuitenkaan ei sopinna lukkee, kun pelekkä syömisen ajatussii mieltä veäns... Voimannii jo loppuvat, niin että käten höltis mastopuusta, ja minä alon vieryvä ympär laivan märkee kantta. Sillon vasta alettiin seälijä ja kannettiin kajjuuttaan, jossa rohtojai tarjottiin, mut syvämmen ei ottanna mittään vastaan... Yhä voan huononin ja taisin jo kummituksijai nähä, enkä ennee ymmärtännä, ounko kuollunna vai elänkö vielä...

Kun sitte toas tajjuun peäsin, valtas minut kuoleman peleko — ja sillon muistu äit ja isä mieleen. Minuva pist, kunj puukolla ikkääsä, kun syytä ja pakota olin tänne lähtennä kuolemaan. Peätän vieppas ja olin näkövinän isän polovinauhoo ja kuulovinan äijjin itkuva... ja toasiisa pyörryn. Sillä tavalla kulu monta päivee ja yötä. Viimmen minä kuulin hoastettavan Ahvenanmoasta. Säikäin oikeen, kun sen nimen kuulin, sillä immeiset kotseuvvulla sanovat, että merjmiehet mänövät Ahvenanmoan kautta Tuonelaan... Mut sitte kohta alako tuntuva siltä, kunj laiva ois herennä heilahtelemasta ja mänis tasasest etteenpäin, eikä minuva ennee niin pahast panna, kunj tähän ast. Heikko kuitennii olin, etten tahtonna kynsillen kyvetä, kun läksin kannelle kömpimään. Siellä mulle voan naurettiin ja sanottiin vannoneen merjmiehen valan. Luovimalla lopulta peästiin rantaan, joka kuulu olovan Ahvenanmoata. Kuinka kauvvan matkalla olj viivytty, sitä en ollenkaan tiennä.

Ei siellä mittään Tuonelata näkynnä, eikä kauvvan rannassa viivyttykkään — mitä lienöö vähän asijantapasta ollunna. Ei tuoss ois tainna lyst ollakkaa viipyvä, kun immeisettii hoastoo mölököttivät semmosta voan mölökystä... Etteenpäin männessä sivvuutettiin jos jonniinlaisija laivoja ja venneitä. Lopulta tultiin suureen kaupuntiin, Ruotin peäkaupuntiin, sen valtakunnan nimittäin, josta pirtamiehet on kotosi. En tohtinna koko siihen kommeeseen kaupuntiin männä, kun en ymmärtännä immeisten puhetta. Hyvin siellä näyttiin kohteljaita oltavan, sillä mullennii rannalla nostettiin hattuva. Kun minnäi hattuvan nostin, niin sillon keännettiin selekä ja ronkatettiin. Merjmiehet selitti niihen pyytävän rahhoo ja kun eivät soa, niin sentähe ronkattavat.

Kattein pan parraat kirkkovoatteesa peälleen ja kuulu käyneen ihan ihtesä Ruotin keisarin puhheilla viemässä Suomenmoan kiitollisuuvven velan korkoja sekä tuomiseks Suomen viinoo. Sitä olj keisar kehunna hyväks ja yhessä katteinin kans ryyppinnä. Ihan kunj parasta vierasta oli katteinija keisarin hovissa pietty ja olj se soanna opettoo keisarin tyttölöitä tanssimaan Vanhooloikkoo ja Laukaalaista. Aika katteinina se kattein olj keisarin kestistä palatessaan.

Myö merjmiehet ei voan paljon jouvvettu lystäilemmää, sillä melekein koko yö soatiin punnata tavaroita purkaissa ja lastatessa. Tauvvistan en ollunna vielä ihan paranna, mut työtä pit tehä. Ja kovvoo se työ olj, eikä siinä soanna jäpästellä — totta tosijaannii siinä laiskansuon katkes... Kun perämiehelle puhun, ett'ei merjmiehenä olo taijja niin lystijä ollakkaa, niin se nauro voan.

Oamulla päivän silimeesä longotettuva lähettiin toas männä viilettämmää. Monijen maihin ja kaupuntiin sivu kulettiin. Välliin tulj laivojai niin paljon vastaan, että pit oikeen pujottelemalla kulukee. Toisin aijjon kun ei tuullunna, mäntiin hittaast etteenpäin, melekeempä joskus vei takaperinnii. Sitte toas tuulemaan ruvettuva matka hyvin suju, enkä minäkään ennee kippeeks tullunna, vaikka ois keikuttannai. Mäntiin myö semmosennii salamen yl, jonka alate kuulu tie kulukovan Parriissista Saksanmoalle, ja sen salamen perästä alako sitten summattoman loaja merj, ihan se Moalimanmerj, jota sanottiin olovan ihan moaliman reunaan ast. Se tieto illautti minuva.

Kyllä ollii kokkoo sillä Moalimanmerellä — ei sen loajuutta ossoo mitenkään sanolla selittöö. Parraiten siitä soa käsityksen, kun sulukoo silimäsä kiin ja sitte aatteloo — ihan se olj semmosta sekkii Moalimanmerj: ei näkynnä moata, ei taivasta, eikä mittään. Ja siellä ne laineettii vasta hirmusija olj: niinkunj suuret vuoret ne vastaan tulla möyrys ja laineen harjalta olj sen pohjaan varmaannii kaks virstoo matkoo. Sinne kun laiva sitten painu, niin ihan luul, että vastaantulova laine sen sissääsä nielasoo. Mut aina niistä tok selevittiin. Viikkokaus olj jo kulettu ja aina voan olj samallaista. Rupes jo pelottammaa, että sinne eksyy, kun ei ou kylijä, joista sais tietä kysyvä. Kun pelekon toisille mainihin, niin ne naurain sano: Kyllä kattein merjkartastaan ja kompassistaan tietää, minnekkä sitä männään.

Ja kun sen jäläkeen tarkastin, peäsin seleville, että katteinilla olj eissään kajjuutassaan semmonen paperlevy, joka olj täynnä moalauksija ja samanlaisija viivoja, kunj on harmoossa kallijossa. Sitä kumpassija en nähnä, voan varmaannii se olj katteinin reissupassi, jota minultai laivaan tullessan tiukottiin. Siihen merjkarttaasa se kattein ussein kahtoo tiirottikkii, mut minä arvelin, että tuskin se siitä pöllöö viisaammaks tulloo, sillä kun kerran merj on aukee, niin se on aukee, eikä se paremmaks tule, vaikka sen paperillennii moaloo. Parasta on — tuummailin itseksen — ett'ei luota koko merjkarttaan, voan on Luojasa varassa, kunj Heikki Hipraus koskessa tukilla laskiissaan. Niin minä olin peättännä tehäkkii, kohatkoompa matkalla, vaikka mitä. Ja kyllä jos jottai tässä avaruuvvessa sai kohata vetelän vein peällä. Immeinen onnii hyvin ylypee kuivalla moalla, mut kyllä merellä ei tie miel ylypeillä... Vaikka meijjän joukossa jumalattomijjai olj, niin muistupa Luoja niihinnii mieleen ies välistä ja joskus oikeen soarnakirjookii luvettiin...

Yhä voan olj matka yhenlaista ja välliin olj ilima ihan lystiks ast korreeta ja välliin toas olj hirmumyrskyvä, joka tahto koko moaliman särkee... Minnäi jo olin kaikkeen tottunna, kunj sus näläkään, vaikka meill' ei ollunna näläkee, kun peätyönä olj syöminen.

Ei niitä meren ihmeitä käsitä semmonen immeinen, joka ei ou muuvvalla käynnä, kunj kotpittääsä kirkolla. Ihan sitä ensimältä tahtoo järk kieroon männä, kun esmerkiks laiva yhtäkkiä töksähtää seisomaan, ikkäänkunj ois moalle ajjoo suhhautettu. Jonkun hetken peästä kuitenni peäsöö irt ja soa huomata, että olj satuttu sakkeen kalaparven keskuuteen. Toisinaan toas ajjautuu lintuja niin paljon etteen, että päivä yöks muuttuu, ja laiva niihin painosta, kun ne laivalle laskeutuvat, painus pohjaan, kunj porokontti, jos ei niitä tervoo polttamalla sais pakkoon ajetuks. Välliin näkkyy suuria purjeettomija laivoja ympär merta — ja yks kaks ne kattoo, kunj kummitukset... Ne ovat valaskaloja, jotka päiväpaisteeseen tulloovat lämmittelemään. Vein alla männessään ne niin kovast purstollaan läiskäyttävät, että mahottoman suur laine kulukoo virstoin peähän... Pahin vastus on kuitennii merjkeärmeistä, jotka on niin paksuja, kunj kirkon pahtaat ja kymmenijä kertoja niitä pitempiä, — ne, neät, tahtoo pistellä laivaan reikijä. Meijän laiva kun olj paksulla rauvvalla vuorattu, niin sille ne eivät muuta mahtanna, kunj voan purivat keulapuuta, että hampaat katkeil ja purressaan laivoo puistoo juttuuttivat, niin että merjmiehet kannella könähtel polovilleen. Kummallista on myös yöllä olla laivankannella vahtina. Taivaalla roihuvaa kummallisija tulija, tähet väläkkyy, ikkäänkunj seuloc pyörittäs palavan uunin eissä, ja välliin koko taivaslak hulumahtaa auveta selälleen... Meressä kiiltää kans tähtijä ja kuuluu semmosija sihhauksija ja sähhäyksijä, että iho ihan kananlihalle nousoo...

Mut näkkyy eärettömmyyvelläi olevan rajasa niin myös silläi Moalimanmerellä. Viimmen, neät, tulj moa vastaan, vaikk'ei se vielä ollunna moaliman reuna, jota minä toivon, ja niin lujan linnan ohite, jota vallottammaa kuulu tarvittavan kaikki moaliman tykit ja vielä Luojan kolome sannoo lisäavuks, myö tultiin Panjuutinmoahan eli Panskanmoahan. Sen takana toas sanottiin olovan sen moan, josta posetiivinsoittajat kulukoo ympär moaliman. Mahtaa niihin molempiin maihen asukkaat olla sukulaisija keskenään, koska ne yhteen näkköon vivaht. Meitä ne kilivassa ryykäs kahtomaan, että silimät olj värähtämätä kunj kellontaulu. Tyttöjäi olj paljon joukossa, mut minusta ne olj semmosija kitjanoita ja tokko nuo ihteesä pessöövätkään, kun olivat likapirkon kalttasija ja muutennii mustilla silimä-tirrikoillaan katella viulauttelivat, että oikeen suututti. Toiset laivamiehet tais niitä entuuveltaan tuntee, koska ne niitä taputtel ja pyöräyttel... Minä heistä en paljon piitanna ja tuummailin, ett'ei ne ou kunj iliman hengettömijä hoilauksija Mattilan Maijaan verraten, joka on semmoinen tyttö, ett'ei moatekosta ou parempata missään...

Kova toas työ lastija purkaissa etteen tulj. Lautain ja ukkolankkuin laivasta veäntäminen ei ou leikkityötä. Niitä Panjuutinmoan poikija kyllä avuks otettiin, mut ne olj huonoo immeissorttija. Kovast ne suomalaisija ja sitä Suomen poikain kurssija pelekäsivät. Ja kun iltasilla meijjän miehet käv herrastelemassa ja olj voimankoitokset sattunna, niin panjuuttija ne olj viskanna, kunj koirannahkarukkasija voan...

Tyhjennettyvä laivamme, alettiin siihen hyvin makkeeta lastija panna: rusinoita, sokeria ja viinijäi. Se Panjuutinmoa onnii oikein Luojan siunooma moa ja kaikki siellä viljelemätä kasvaa. Keskmoa taitaa ihan rikkain olla. Ei kuulu tarvihtovan muuta, kunj kirveellä puun kylykeen isköö, niin siitä mahalana alakaa juosta parasta porkviinijä, josta Kuopijon markkinoilla sai maksoo markan pienestä kupista. Rusinapuut ovat niin tihheessä, kunj lepät teällä kotmoassa. Eikä siellä sovi tuulella männä mehtään kävelemmää — omenapuista, neät, tipahtelloo semmosija omenanjurikoita, että ne peän puhkasoovat, jos kohalle sattuu. Vuorettii ei ou tätä tavallista kivlajija, voan ne ovat joko suoloo tahi sokerija. Ei kuulu muuta tarvihtovan, kunj voan kangilla irtauttaa aika sokurkimpaleen ja sitte topaks pyörittää. Suoloo sitä kans soa samalla lailla, niin ett'ei siinä moassa näläkä näpäse — ja jos mitä puuttuu, niin sitä rikas moa tavaroillaan muuvvalta soa.

Tuommosta tavarata lastatessa tahto käs ihan melekeen väkisi herkkuja suuhun pistee, mut bengenuhalla olj kielletty mihinkään koskettamasta. Kun sitte laiva olj täyteen soatu, annettiin itekullennii lahjaks iso tynnör viinijä ja rusinoita sekä omenoita niin paljon ilimaseks, kunj voan tahto ottoo — eipä sillon maha peässynnä moittimaan, että sitä pahana pietään...

Nyt meijjän matka kuulu vetävän Murjoaniin moahan, jossa immeisten sanottiin olovan niin mustija, että jos esmerkiks hiilellä niihin selekään viirun vettää, niin se viiru valakoselta näyttää. Immeislihhaan siellä ollaan hyvin ahnaita, että pittää kahtoo sekä etteesä että taaksesa, jotta eivät soa lihhoo haukata. Kun sen moaliman reunannii meinattiin siellä päin olovan, näin mielellän, että purje alako laivoomme vettee, vaikka vähän arveluttikii, että näinköhän tuolta kunnijalla takas peäsöö...

Kylymästä ei tällä matkalla ollunna vastusta, sillä niin olj lämmin, että katveessai pit leähättöö ja muutaman kuukauvven peästä alako aurinko paistoo ihan peän peältä. Lopulla tulj ilima niin kuumaks, että laivan yl pit levittöö voate, jota lakkoomata kasteltiin, ett'ei se peässynnä tulleen syttymään. Kun voan ois vastoja ollunna, niin kyllä ois kelevanna kylypee repsutella. Meressä ves kiehuva ryplätti. Ja jos keittee tahi paistoo tahto, niin päiväpaiste pijan kypsytti. Ei tämmöistä ois kauvvan kestännä — immeinennii siinä ois sulanna... Onneks tok rupes vähitellen jeähtymään ja myö peästiin viliposempaan ilimanallaan, vaikka vielä sittennii tarken...

Etteenpäin männessä myö kohattiin yksinäinen soar, jonka rantaan lystiksemme laskettiin. Se olj kummallinen paikka — siinä, neät, kasvo pumpulvilloja, jotka niin pitkinä lepereinä puista riippuvat, ett'ei tahtonna kävelemmää peästä. Myö puisteltiin alusistamme olet moahan ja täytettiin pumpulvillolla — kelepas niihen peällä sitte kelliä... Yhtään immeistä ei tainna koko soarella olla, ja kattein peätti, että se on vielä löytämätön moa, sekä merkiht sen merjkarttaasa. Lähtiissä tuummattiin, ett'ei tulomatkaks oteta mittää lastija, voan poiketaan pumpulvillolla laivamme täyttämään...

Kun laivamiehiltä lahjaviin loppu, niin ne rupes, kun tavara olj houkuttelevoo, salakähmässä lastija näpistelemään ja kähvels ne voan, vaikka koitettiin varjellakkii — ja yhtälyytä juuvva tossottivat. Minä sain osaviinillän niiltä hyvän hinnan, kun en ite halunna sitä ryyppijä. Pienestä pittäin minä, neät, oun ollunna sitä mieltä, että syömisellä sitä immeinen kaikkiin parraiten ellää, kunj millään muulla elinkeinolla... eikä muuta sissääntulloo tarvihtekkaan, kunj syömistä voan, niin kyllä ellää, vieläpä hyväst oikeen... Sikspä ryyppiminen sai nyttii mun osaltan sinnääsä olla, mut rusinat ja omenat eivät joutanna happanemmaa.

Meijjän katteinin olj paha toas soanna kelekkaasa — se, neät, olj samanlaisena katteinina, kunj alkumatkallai, vaikka jo pit vähän lommookii. Miten se yhtenä yönä lienöö siellä kajjuutassaan ryskännä, mut semmosen tepposen se olj tehnä, että olj merjkartan ryvettännä ihan pilalle ja kompassi olj särkynnä tuusanporoks. Ja siinä vasta ihme olj eissä! Myö, neät, jouvvuttiin lampaattomiks kelloks, ei kunj tuota nuin pit sannoon, että nyt oltiin kunj kellottomat lampaat. Muihin säikähtäissä se kattein sano:

— Ei se tekke mitte, anna menne vaa! Keenny sitt kun tulla laitta vasta. Kuulla tyyrmanni, laske tonne noin... Kylle meille rooka piisa....

Kun ite kattein tämmöstä puhu, niin ei muut uskaltanna suutaan avata. Se kattein onnii merellä suurvaltanen herra ja on sillä lupa viskata mies merreen, jos voan ei tottele. Sentähe sitä pittääki pelätä. Myökii oltiin hiljoo, kunj hiir kissan lähheisyyvvessä. Eikähän tuota vielä näkyvätä hättee ollunnai. Evästäkkii olj kolomeks vuoeks. Minä puolestan olin tyytyväinen, että yhtä suuntoo mäntiin — välempihän moalimanreunaan jouvutaan.

Hyvä ois ollunna männäkkii, jos eivät myrskyt ois välliin ollunna niin hirmusija. Alakumatkan ilimat ollii niihin verraten voan vasikoita. Luultavast myrskyt syntyvättii tällä merellä ja kun ne eimmäks joutuvat, niin ne taltuvat immeisemmiks ja ikkäänkunj narripelikseen pelemakoivat...

Nuin par vuotta myö sillä lailla mäntiin mistään tietämätä. Rupes jo ikävältäi tuntumaan, mut kunj moaliman reunaan peäsy juohtu mieleen, niin tuumasin itellen, että hutipuu ja purjetuul — antaa pyyhkijä voan!

Siinä olla tossaroijjessa olin huohmoovinan, että meijjän laiva on ruvenna kovemmin kulukemaan, vaikka ei hyvvee tuultakaa ollunna. Tästä en hiiskunna kellenkään, kun pelekäsin olovan veärässä. Mut erräänä yönä satun olemaan kansivahtina. Yö olj jotennii pimmee. Illalla laiva asetettiin seisomaan puottamalla kaks ankkurija merreen ja viistuhatta syltä pit laskee touvvija, ennenkunj pohja tulj vastaan — niin syvä kohta sattu siinä olemaan. Kun kävelin ja hyrräilin hiljakseen, niin tuntu siltä, kunj laiva ois kulukee jullittanna etteenpäin. Minä säpsäin ja katon taivaalle, kun luulin, että pilivien kuluku pannoo silimän valehtelemaan. Pilivet eivät kuitenkaan liikkunna, voan laiva kuluk kun kulukii... ei siinä mikkään auttanna... Tartun touvviin ja koitin nostoo ankkurija, mut en jaksanna. Selevä siis olj se asija, että ankkur on touvvissa kiin ja pohjassa. Mut mikäs ilimonen ihme — kysäsin iteltän — tässä on, koska laiva kuitennii tuntuu kulokovan?... Minnuun tulj salaperänen peleko, että nyt on paha taikinassa. Mänin sentähen perämiehen kajjuuttaan, nykäsin häntä kylestä ja sanon:

— Kuulkoopas työ kummoo, kun tämä laiva kulukoo...

Perämies nost peätään ja kysy puol unissaan:

— Mittee sinä puhut?

— Puhumpahan voan sitä — vastasin minä — että tää laiva kulukoo, vaikka ankkurit illalla puottoo jutkautettiin pohjaan.

— No, kukas ne ankkurit on ylös nostanna?

— Eihän niit ou kukkaan nostanna, meressä ne vieläi on, mut kulukoo tämä laiva sittennii...

Silloin perämiss keänty toiselle kuppeelleen ja äräht:

— Voi kuitennii, minkälainen taulapeä sin out, etkä jo ies ala viisastuva. Kumma voan, ett'ei sulle ou hametta hankittu!... Ja jos et nyt het mäne hyvin kauvvaks, niin...

Perämiehen puhelu olj niin ärreenmakusta, että tavallista pikemmin pötkin oven ulukopuolelle. Tulin toas kannelle, kahtelin ja tiirailin, enkä peässynnä muuhun peätökseen, kunj siihen, että laiva kuluki kun kulukikii. Kun tiesin varmaan, ett'en uneksinna, alon uuvvestaan tarkastoo ankkurija. Siellä ne olj meressä, koska touvvi ei noussunna, vaikka kuinka öisin vetännä. Mut laiva se voan kuluk. Minä tuummasin, että tulukoompa mikä tahhaasa, mut minä mänen ilimottammaa asijan katteinille. Astun sitten hänen kajjuuttasa ovelle koputtammaa ja kauvvan sietii jyrryyttöö, ennenkunj se havaht. Viimmen se kuitennii möräht kunj karhu:

— Mitte ny?

— Vaht teällä tahtos ilimottoo, että tää laiva kulukoo.

— Nu, se on hyve, ette laiva kulkke — anna menne vaa.

— Yökshän myö tähän illalla jeätiin, jokkainen makkoo vielä ja ankkurittii on pohjassa, voan tämä laiva kuitennii kulukoo.

— Tumpuin! Jos sine on humala, panne vette peehen, ett selvene. Mene velle pois!

Mikäpä muu siinä autto, kunj poistuminen. Ja sitten toas alon tarkastella ja katella toilailla. Koitin minä silimijännii kiin pittee, mut sillon ihhoo ilikeest karmi ja laiva tuntu mänövän semmosta kyitijä, että korvissan huris...

Viimmennii tok valakes päivä. Vähitellen laivamiehet konkoilivat ylös ja ilemestyvät kannelle. Kun huomijon ilimotin, sanottiin siinä:

— Kas, eiköön tuokii poika ou jo toisellakymmenellä?

Mut sillon oamusumun läp huomattii toisija laivoja, joista meille näytettiin hätämerkkijä ja ammuttiin hätälaukauksija. Nyt jo alettiin arvella, ett'ei oikee siunaus ou ja mitä enemmän katella tissaroitiin, sitä enemmän ällistyttiin, vaikk'ei ymmärretty, mikä tässä on eissä. Lopuks yks vanaha merjmies hoksas, että myö on taijjettunnai joutuva Kurjuksenkulukkuun.

Voi herranen aika sitä hättee ja elämätä, mikä nyt nous, — ja arvoohan sen, kun tietää, että Kurjuksenkulukku on se paikka moaliman takana, josta kaikki moaliman liijjat veit juoksoovat moaliman ala. Kymmeniin peninkuormiin alalla joutuu merj häränsilimänä pyörimään, ihan kunj virran niskassa ikkääsä. Sitten siellä keskuksessa on suur hormi, mahottoman iso kolo, niin avara, että siitä sopis kokonaisija kaupuntija mänemään, joka vettee kurnii vettä moaliman ala. Siinä Kurjuksenkulukun nielussa kuuluu käyvän semmonen posinakkii, ett'ei vertoo missään, eikä toista niin voimakasta koskee ou koko moalimassa...

— Nyt tais tulla kurlupsis ja meijjän rykmentin loppu, sano se vanahin merjmies. Mut toiset ei osanna ies niinkään paljon puhuva, voan jokkainen olj, kunj puulla peähän lyötyjä. Tiijjettiin, neät, ihan varmaan, että jos Kurjuksenkulukun vaikka alakupyörteeseennii joutuu, niin sillon soa sannoo hyväst tälle makkeelle moalimalle, pelastuminen kun on ihan mahoton... Nyt käv silimät pyöreiks ja unj karkkos... Ruvettiin kuitennii koittamaan, eikö vielä voitas laivoo keäntee ja venattiin jos jollain tappoo, mut kaikki koitokset olj turhija, — laiva se voan kuluk kulukuvaan, vaikka ankkurit olj vieläi pohjassa...

Onhan teistä jokkainen ies yhen kerran elläissään nähnä, kun lastu koskessa sattuu joutumaan häränsilimään: ensiks se kiertelöö ja pyörii ympäriisä, ikkäänkunj hättäissään jottain ehtis, männöö kovemmin ja kovemmin ja lopuks sitte hutkahtaa häränsilimän sissää ja kattoo sinne. Kurjuksenkulukussa käy laivalle ihan samalla tappoo. Mut kun siinä ves hyvin loajalla alalla häränsilimänä pyörii, niin männöö usseita kuukausija, ennenkunj laiva nieluhormiin joutuu. Ens alussa kulukoo laiva hiljasest junnottain, mut viimmen kyit kiihtymistään kiihty, niin että tukka pujossa kuulutaan männä huristettavan siihen ast, kunj jouvvutaan hormin kittaa ja hupsahettaa ijankaikkisuuteen... ahventen valtakuntaan...

Meijjän olloo on paremp käsittöö, kunj kertoo. Katteinii säikäht enstopakassa, että meleken yritti selevitä. Mut kun hän sitte vähän aikoo olj kajjuutassaan ja korkkiikarija pyörittel, niin siihempä se peleko hävis. Hän sano meille:

— Yks pee, kon lanttu — samma se, jos koole, niin koole, kon yks kertta pitte kuitenkki koole... Ottaka viini, poikkat, ja ryyppeke, sitt ei janno koole...

Tuommosen jumalattoman puhheen kuultuvaan laivamiehet ryykäs viintynnörilöihin kimppuun, kunj jannoiset lehmät järven rannalle ja sitte ne rupes kerrassaan pahhoo elämätä pitämään... Mut minä sitä polonen poikaparka jouvvun tuliseen tuskaan — arvoohan sen, kun tietää kuoleman olovan ihan silimiisi eissä... Minä mänin kajjuuttaan itkemään ja päivittelemmää. Koittelin siunailla ja jos jottai tehä, niinkunj hättäinen ainai... Mieleen muistu kot, äit ja isä... heijjän ja kaikkiin muihin immeisten varotukset. Toruva pöllyytin ihteen, kun en uskonna, mitä immeiset sano, ett'ei moalimalla ou muuta reunoo, kunj kuolema... siihen reunaan minä nyt kohta peäsen... Mut paremp tok ois ollunna kottiisa kuolta, niin ois ies hauvvattu siunattuun moaha makkoomaan tuomijopäivään ast... Ja sitten minä alon ihteen valamistoo kuolemaan — siunailin ja pyytelin rikoksijan anteeks. Kaikki ne korreet opetukset, joita vanahempan olj mulle lapsena neuvonna ja joita sillon pein heijjän kiukkunaan, juohtu nyt mieleen ja tek syvämmelle hyvvee. Minä huokasin, että voipa tokkiisa, jos vanahemmat ois tässä läsnä, niin ne toasiisa neuvos ja opettas hyvijä opetuksija... ja jos voan äit vielä eläs ja voaran tietäs, niin kyllä se rukkouksillaan minut pelastas...

Vähitellen voaran suuruus vaikutti toisiinnii laivamiehiin, yksimpä ite katteiniinnii. Tuo viimmesen päivän viettäminen loppu ihan itestään ja jokkainen tulj, kunj painon ala — suruva voan noamosta näky... Eikähän toisin voinna ollakkaa, kunj huohmattiin, että laiva tek kiertoosa samalla tappoo, kunj ne toisettii laivat, jotka eillempänä kulukivat. Sitä usseinnii ihmetellään, minnekkä niin monta laivoo teille tietymättömille hävijöö — nyt se puluma mulle selevisi: ne joutuvat Kurjuksenkulukkuun...

Vielä meille ois pelastumisesta jottai toivoo ollunna, jos voan ois mukkaamme sattunna olokija. Kuulu, neät, se Kurjuksenkulukku tukkeutuvan ja ves herkiivän pyörimästä, jos siihen viskoo olokkupoja — ne sotkoo reijjän vähäks aikoo umpeen... sillon sitte pittää het piirtee pakkoo minkä ennättää... Meill ei kovaks onneks olokija ollunna, kun ne alusemmekkii tyhjennettiin sinne autijoon soareen... Muuta neuvvoo ei eissä ollunna, kunj kuolta kumahtaminen — ja siihen minä puolestan olin jo ihteen valamistanna.

Siinä surussa ja murheessa ollessaan tulj väkisinnii tuummimaan, että eiköhän meijjän pelastamiseks jottai keinoo löytys. Yht'-äkkijä jysäht mieleen, että kerta niin suur kala tarttu uistimeen, että se monta virstoo vetel venettän perässään... Annappas olla — sanon sillon itellen — ja läksin mänemään katteinin luo.

— Kuulkoopas työ kattein — puhelin minä — nyt luulen löytäneen keinon, jonka avulla myö tästä päläkäästä voijjaan vielä pelastuva.

— Nu, mikke on se keino? kysy kattein het.

— Kahtokeepas, jos pantas syötti ankkuriin, joka viskattas merreen, niin soattas valaskala sen nielasta ja vetäs sitte mejjät perässään pois, selitin minä sekä hoaston sen uistinmatkan.

— Nu, pitte koitta. Mut mitte me panno söötti? Jasso! Me lyö arppa ja katto, kukke jouttu söötti.

Minä säikäin tämän kuultuvan hirveest ja siinä säikäyspäissän sannoo tollautin:

— Pankoo minut syötiks — samahan se on, jos minä kuolennii, kunjhan työ toiset pelastutte...

— Ei mine panne sinnu — tyyrmanni kiitte, ett sinu ou hyve poike. Mut me panna se koirankuonulainen, puhel kattein.

Siinä meijjän laivassa olj laivamiehenä yks koirrankuonolainen, semmonen melekeen koirrannäkönen immeinen, joita jossain vieraassa moassa assuu, ja joka olj hyvin ahnas viinaan. Kun kattein lupas sille kannun viinoo, jos se voan antaa ihtesä syötiks pistee ankkuriin, niin se kieltään lippoin ilimotti suostuvasa. Mut sillon tulj välliin perämies ja sano:

— Mittees tässä tarvihtoo immeisijä tappoo, onhan meijjän laivassa sika syötiks.

— Mut jos me tappa sikka, niin kukke sitt ilma poova ja myrsky ennusta? virkko kattein.

— Eihän myö ennee ilimanennustajjoo tarvita, jos laivamme on voan sallittu tähän Kurjuksenkulukkuun hukkumaan. Kyllä se sika hyvin hyväst syötiks joutaa, tuummas perämies.

— Jaa — se on kylle niin... Nu, panno se sikka ankkuri, käsk kattein sitte.

Het otettiin laivan iso sijanjutkaus ja pistettiin — voi syötävä, kuinka ilikeest se sillon vinkas! — keskruummiistaan ankkuriin sekä viskata roiskautettiin merreen. Ankkuriin pantiin kolomenkertaset touvvit — ja ruvettiin toivovaisina outtamaan. Lieneekkö tuntijakkaa kulunna, niin laiva ensiks kummallisest jutkaht ja sitte seisaht. Vähän aijan perästä sen jäläkeen nousta kölläht hirmusen suur valaskala veinpinnalle. Se olj nielassunna ankkurin, koska touvvit näky sen kulukkuun mänövän. Aluks se olj hiljoo vein peällä, ikkäänkunj ois kuunnellunna, sitte pnist peätään ja koitti kakistoo syöttijä kulukustaan, mut eipä se lähtennäkkää... Sitäkös suututti... Se löi vettä purstollaan niin kovast, että pelättiin laivan koatuvan, syöksäht sukkeloon ja läks uimaan. Meijjän laiva pyöräht ympär js siitä huohmattiin, ett'ei se valaskala Kurjuksenkulukkuun päin mäne. Kiireest myö nostettiin ylös ne merreen lasketut ankkurit, jotta eivät ois vastuksina, ja niin meijjän laiva alako valaskalan perässä kulukee lerottoo. Laivamiehet ryykäs ympärillen ja ilosta huutain tahtovat minuva pelastajana nostoo...

— Luoja meijjän pelastaja on ja äitin rukkoukset — sanon minä — ja meijjän velevollisuus on pelastoo toisijai viskoomalla touvvija muillennii laivolle mänemään.

Mielellään kaikki tähän suostuvattii. Lautapalanen pistetiin touvvinpeähän ja monta tuhatta syltä työnnettiin touvvija merreen. Kattein kirjutti siihen lautapalaseen ja käsk siihen tarttumaan kiin toisten laivain.

Ens alussa pelättiin, kun se valaskala tuontuostai pist peäiään veistä ja töllistel, että jos se paiskateksen syvvään sukeltammaa, niin se vie meijjät männessään tahi voishan se keäntyvä Kurjuksenkulukkuunnii päin...

Mut ei se kuitenkaan sukeltanna, eikä Kurjuksenkulukkuunkaan päin männä — se tais tieteekkii, että siinä hukka peris, — voan etteenpäin se toas läks junnoomaan. Arvoohan sen, ett'ei se kyit kovvoo ollunna, voan hyvvee hoijjakkata kuitennii kulettiin. Ja sehän se ollii peäasija, että peästiin Kurjuksenkulukusta poispäin. Kun se valaskala millon nous vein peälle, niin se tuskissaan puistel ihteesä — varmaannii se ois tahtonna peästä irt — ja lävväyttel purstoosa niin kauheest vetteen, että pelottavan suuret laineet rupes käymään. Lopulta myö keksittiin se keino, että miesvoimalla nyvittiin touvvista. Se tek valaskalan ikenille kippeetä: se jutkautti niskoosa ja läks äksyilemätä uimaan. Välliin myö sen annettiin kuitennii levätäkkii...

Muutaman päivän peästä oltiin huohmoovinamme, että kuluku käv hittaammast, vaikk ei pyörrekkää ennee vetännä niin kovast kunj alussa. Siitä myö arvattiin, että ne toisettii laivat olj jo yhtynnä meijjän köyteen — ja ilohuutoo ja ampumista alakokii kuuluva jäleltäpäin...

Muutaman viikon kuluttuva rupes jo selevään näkemään, että myö olj peästy Kurjuksenkulukun pyörteestä pois. Ves ei ennee virran tappaan liikkunna, laineet läikky, niinkunj ainai, eikä valaskalastakkaa näyttännä kuormanveto niin vaikeeta olovan, vaikka se kuitennii aina vähän peästä asettu vein peälle köllöttämmää. Näinä sen lepoaikona ne toiset laivat tapas meijjät, kun touvvista ihteesä vetivät. Niitä laivoja olj kaks. Sen arvoo, että niissä laivossa olj nauru peässynnä ja ilo tullunna itkun sijjaan, kun lautapalanen niihin luo eht männä — ja kun sen yks laiva ensin sai, niin se het laitto toiselle. Joitakin viikkoja ois vielä kulunna, ennenkunj se kaikkiin eillimmäisin laiva ois Kurjuksenkulukkuun sutkahtanna... sitten vähitellen toiset ois perästä sinne joutunna...

Kaikki kolome laivoo asetettiin rinnattain kiin toisiisa. Valaskala läks toasiisa uimaan. Kyllä täytyy sillä pahhuuksella olla voimoo ja lujat niskat, kun jakso kolome rinnattain olevata laivoo vettee ja vielä peällepeätteeks olj niin paha pala kulukussa, kunj terotettu ankkur... ei siinä sijanlihakaan mahtane kovin hyvälle maistoo...

Kun sitte huohmattiin, ett'ei meillä ennee ou pelekoo siitä Kurjuksenkulukusta, ruvettiin tuummoomaan, mittee sille valaskalalle ois tehtävä. Tappoo sitä ei mitenkään soveltunna, kun se olj meijjät pelastanna, voan peätettiin se peästee vappauteesa. Joka laivan miehistö kututtiin lähelle, kun touvvit katkastiin poikki — ja valaskala peäs irt. Voi moalima ja moaliman mannut, millee kyijjillä se läks uimaan!

Ihan suur kosk synty sen jäläkeen ja ves hirveest pärsky ja kohis... Tuhansija peninkuormija se olj sitte yhtä männöösä männynnä Ameriikinmoan rantaan, jonnekka se olj tullunna semmosella vauhilla, että olj törmännä kymmeniin sylliin peähän kuivalle moalle ja kuollunna siihen. Se kuulu olleen kaikista suurin valaskala, mitä millonkaan on moalimassa nähtynä. Ameriikimmoan keisar olj ottanna sen luurangon ja tiettännä siitä suuren, kommeen kirkon...

Vaikka semmosesta voarasta olj peästy, ei ennee ollenkaan muistettu sitä, voan ruvettiin pitämään ilosija harjakaisija — tanssittiin ja ryypättiin niin tanakast, että toisin aijjon ei moalima laivamiesten silimissä ollunna, kunj lammasnahkan kokonen. Minuva lakkoomata nostettiin, että ruumis siinä myssyytöksessä kippeeks tahto tulla, ja sanottiin, että het kotmoahan tultuva peäsen katteiniks... Monta monituista päivee kest se semmonen juhlan vietto.

Niistä laivosta, jotka myö pelastettiin, olj toinen sieltä Murjoaniin moasta. Se olj laitettu meitä ehtimään, kunj meit ei ruvenna perille kuulumaankaan. Mut tapahtukkii semmonen kumma, että myö pelastettiin ehtijämme. Kun siinä Murjoaniin moan laivassa ei ollunna lastija, muutettiin meijjän last siihen. Sitte vielä kaikemmoista ystävyyttä toisillemme osotettuva, lähettiin kulukemaan kukkiin suunnallemme — myö suoroo peätä kotmoata koht. Niiltä toisilta myö soatiin uus merjkartta ja kumpassi.

Matkalla tahto kattein minut aina vieressään syömään ja pit minuva vertassaan. Toiset laivamiehet kunnijoitti minuva katteinin vierimäisenä herrana ja niin tek perämiessii, vieläpä mun komentotan olj toisten toteltavakii. En yhtään eppäillynnä, ett'ei minuva katteiniks vielä vihittäs, jos voan siihen arvoon tahon peästä. Mut ei tuntunna mielen katteiniks yhtään tekövän ja koko merjmiehen olloon olin niin kyllästynnä, että peätin siitä pois heretä ja het lähtee kotpuolelle — ja mitä lähemmä kotmoata peästiin, sitä suuremmaks voan halun kasvo... niin nous, kunj hyvä taikina...

Tultiin tok viimennii perille! Voi millä ilolla meijjät vastaanotettiin, kun olj pelätty hukkuneiks! Ois sitä toas soanna juhloo viettee, mut siit en välittännä. Kun monvuotiset palakkarahan sain, läksin puolväkiste, kunj en muuten peässynnä, rientämään kotija koht. Enkä minä nyt jalakapatikassa tietä tallanna, voan kyijjillä, iso kello aisassa, ajjoo kuorsin, ikkäänkunj suur herra.

Kummallisest mun syväntän vihlo kotpaikkoo lähestyissän... mittee se semmonen vaiva lie ollunnai ja kun kotjmökki alako näkyvä, niin ihan rupes nenä tohajammaa ja näytti siltä kunj kaikki ois kahtoo tollottanna minnuun... yksin aijjanseipäättii... Minä sanon itellen hiljakseen: Kahtokoot voan... ei mull ou syytä hävetä, rahhoo on taskussan ja puku peällä, kunj herrolla sekä vatsa täynnä niin hyvvee ruokoo että kelepois kahteen kertaan syötäväks...

Mut sitte ihme etteen tulj, kun äit ja isä ei tuntennakkaa ennee minuva — ne voan kivenkovvaan väittivät, että min en ou heijjän Joakkosa. Viimmen ne tuns kuitennii — eikä osattu muuta, kunj itkee myö kaikki kolome... ja se olj liikuttava hetk, kun vanahemmat ja laps yht'aikoo ilosta itkivät... Lopulta sain tok sanotuks:

— Outteko työ minulle vihasija?

Sen jäläkeen puhu isä näin:

— Kuinkas sinulle vihasija oltasiin — etkä sinäkään soa vihanen olla. Eihän myökään taijjettu ymmärtöö syvämmen pahkoja rakkauven palssamilla voijjella, voan kiivauven kurikkata käytettiin. Sinä toas et ymmärtännä sitä. Mut niinhän se onnii, että kaikkiin immeisten on huutjärvellä käytävä, ennenkunj silimät aukii. Mut unneutettaan nyt kaikki entiset!

Ja sitte äit kahto minnuun ja sano:

— Eihän sinuva jaksanna mikkää tuntee, kun out tuommosen partahurrikan kasvattanna ja niin kommeeks tullunna.

— Pois minä tään parran kerihtennii... eihän teällä siitä kuosista tykätä, minä hoastelin.

Ja sitte se äit alako ruokoo puuhata ja ois lähtennä kylästä riisryynijä hakemaan puuroo niistä keitteekseen. Mut minä kielsin ja ilimotin, että parempata on piimävelli, minä kun oun riisryynkeittoo syönnä joka päivä.

— Ilimankos out pulskistunna, sano äit ja koitti liepsuva ruokoo laittaissaan. Ei äijjin jalaka ennee niin keäntynnä, kunj lähtiissän, ja hyvin ol issäi vanaheta rupsahtanna, niin että heitä seälillä kahtelin.

Olj sitte vastoomista äijjin, isän ja muihinnii kysymyksiin ens alussa. Paljon ihmeitä loahailin, mut tästä Kurjuksenkulukusta nyt vasta enskertoo kellenkään immeiselle hoastan. Kerta sano äit:

— Ei meijjän kuitenkaan ois pitännä sinuva turhalle matkalle peästee.

— Myöhä sitä nyt on katuva — tuummas isä sillon — ja onhan hyvä, että nuorii pässi soa voimijaan koittoo — syyttäköön sitte ihteesä, jos sarvesa poikki puskoo...

Vähitellen minä toas rupesin suutarjtöitäi tekemään ja kun pitkällä matkallan olin nähnä monenmoisja kengäntyylijä, tein yhen parin yhtä ja toisen toista lajija ja toin oikeen kengäntyylin kotseuvvulle. Isä viheltel ja sano:

— Katoppas, aina sitä moalimata kulukiissaan immeinen oppiikii, jos voan tahtoo... Eikä poijjan matka ou turha tainna ollakkaa, tuummas isä lisäks ja kahto äitiin.

— Hyvähän se on — sano äit — mut kyllä oun rukkoillunnai. — Sen jäläkeen äit rupes virrenvärssyvä hyrräilemmää.

Muutamain vuosiin peästä kuol äit ja isä. Minä läksin toas liikeliepeelle. Työ on henken elättännä, niin että nälän aikana oun aina soanna leipee suussan pittee. Mut moaliman reunoo en ou ennee halunna peästä näkemään...

Tähän Jaakko-suutarj lopetti, kopist piippusa penkin laitaan ja heittäys heinille tehylle vuoteelle makkoomaan. Vaikk olj jo myöhänlainen, oltiin kuitennii siinä meärässä halukkaita kuuntelemmaa, että tahottiin vielä kertomaan, tapasko hän Mattilan Maijan. Mut ei hän mittään vastanna, sen kun voan näytti het nukkuneen. Kumminnii hän vielä toiselle kuppeelleen keäntyissään unisella eänellä sano:

— Kahtokeepas, jos sitä valaskalakeinoo en ois keksinnä, niin en tässä makkois, enkä ois Kurjuksenkulukusta pelastunna...